盐世界

This is Yancheng

郑格格 著

江苏凤凰文艺出版社

聚龙湖·盐立方

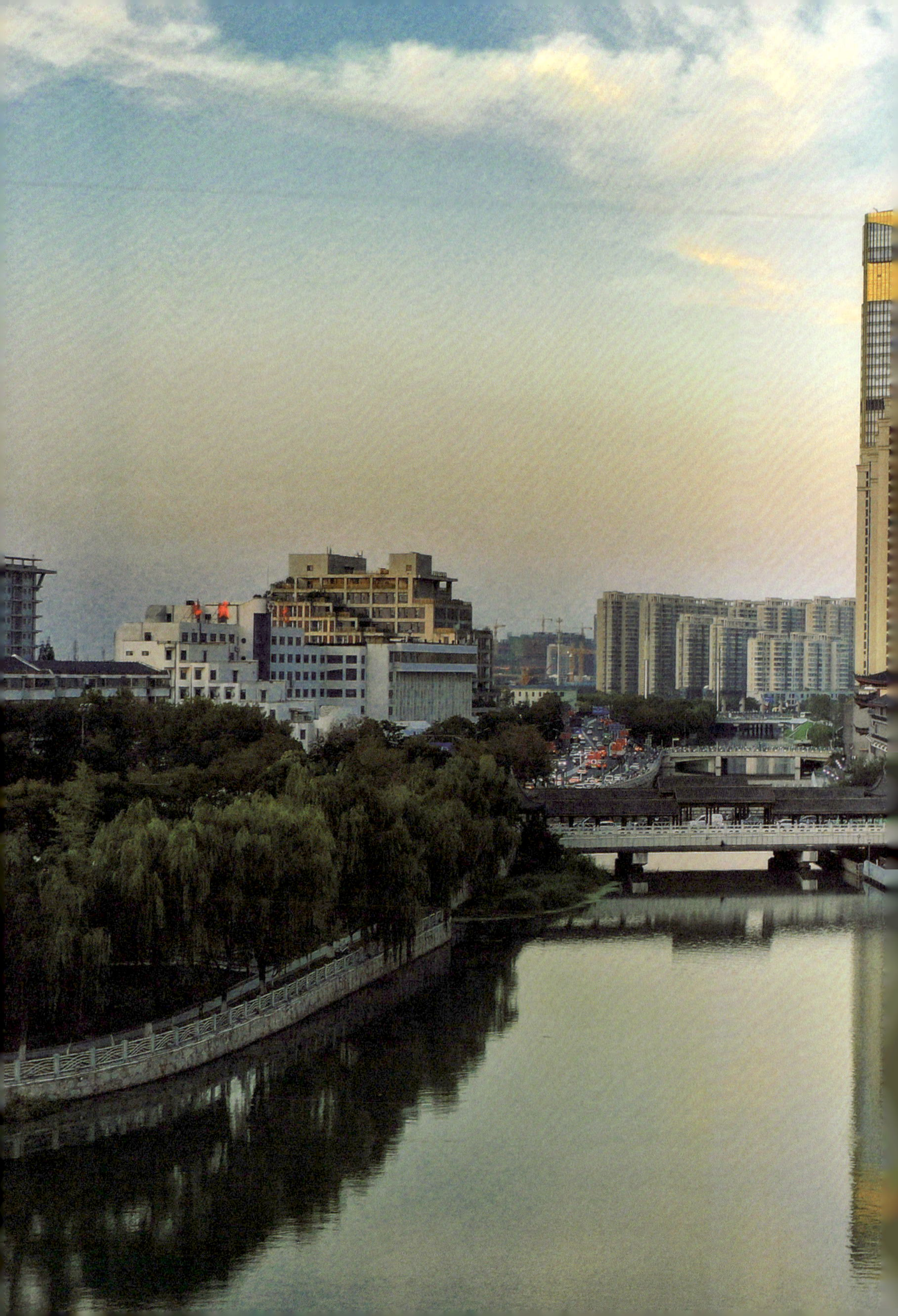

盐城市博物馆

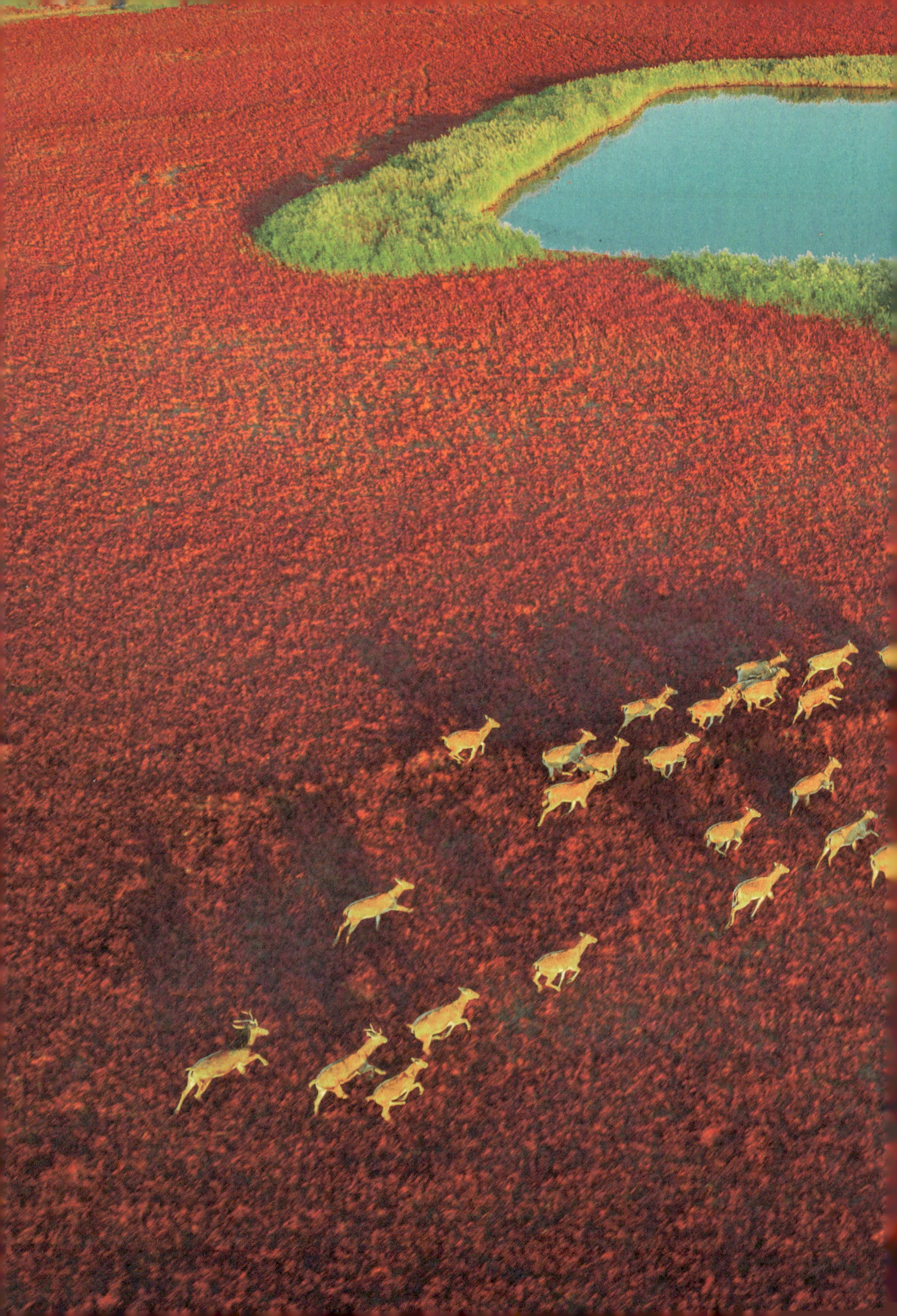

世界自然遗产 盐城黄海湿地

序

天地间，平原尽揽，秀色风韵映海滨。

尽管曾踏足国内外无数个城市，但唯独对盐城情有独钟。她是中国唯一没有山的城市，全境几乎都是平原。同时，盐城又是一座沿海城市，长江三角洲中心区27城之一，拥有江苏最长的海岸线和最广阔的海域面积。盐城兼具平原和海洋的双重灵魂与气质，平原的广袤与海洋的澎湃相互交织，使她成为长三角地区最有潜力的城市之一。

盐城以盐得名，因盐成城。

王春瑜先生在给《盐城简史》手书的序言中写道：盐城古称盐渎，毛泽东同志戏称"咸城"。虽是戏称，却非常形象。

盐看似平凡，其实在不凡中蕴藏着伟大。5000多年前，盐城滩涂就有人类活动，春秋战国先民们搭灶煮盐。在我国古代历史发展的长河中，盐业始终是一朵最绚丽的浪花，具有极其重要的地位。盐税"动关国计"，是古代封建社会财政收入的重要组成部分。汉武帝时期元狩四年（前119）便因盐而置"盐渎县"，东晋义熙七年（411）称名"盐城"。唐上元年间设海陵盐监，宋代设西溪盐仓，吕夷简、晏殊、范仲淹先后于此任盐官，明代境内盐场发展到13个，清乾隆时期，淮盐的产销进入黄金时代，当初的盐场、盐仓逐渐成为当地的城市、集镇。至今，与海盐相关的地名遍布盐城境内各地。

盐，成就了城市的历史，同时也孕育了城市的文化。盐城的历史和文化底蕴深深烙印在它的每一寸土地之上。2021年冬，我怀着对盐城文化的探寻之心来到这里，多日采风，也渐渐明了了盐城文化的独特——它是当之无愧的盐之城。

盐城这块土地，既产出平凡而珍贵的盐，也成就着不凡的事业。翻开盐城2100多年的历史画卷，画内轴外无不流淌着崇文重教的民风和立志报国的情怀。"建安七子"之一的陈琳、负帝蹈海的南宋丞相陆秀夫等皆为盐城人。"先天下之忧而忧，后天下之乐而乐"的北宋名臣范仲淹在此修筑造福万代的范公堤，隐居此地的施耐庵挥毫写下流芳百世的巨著《水浒传》。刘少奇、陈毅等老一辈无产阶级革命家都在盐城留下了红色印记，盐城"二乔"——"中共中央第一支笔"胡乔木、当代外交家乔冠华声名远播。从这片红色热土还先后走出27位"两院"院士。浩浩黄海滋养了一代又一代老盐城人、一批又一批新盐城人，他们扎根于此，赓续文化、实现抱负、大展宏图。进入新时代的盐城也热忱期盼更多的新盐城人情聚黄海之滨，共谋事业发展，共创美好未来。

《米格尔街》中有一句话：每个人都像盐一样平凡，像盐一样珍贵。本书通过与手艺人、学者、环境保护者交谈，听他们的故事，感受他们丰满有张力的性格，格物他们的生命，感受他们身上专注、精益求精、敢于创新的"工匠精神"。刘勇坚守，恪守古法制盐；杨洪燕洒脱，从北京到盐城，从兴趣到专业，选择长期驻扎条子泥；陈澄开拓，一生只好淮剧，不断研磨自成一派，使淮剧走红网络。还有江苏省杂技团的王硕乐于挑战，追逐鸟儿的李东明用痴迷成为那个最懂盐阜鸟儿的人，荷兰花海的尼可用花连接两个国家……每座城市，大概都因为有一群看似平凡的人，坚守事业，创造不凡，才赋予了城市不平凡的意义。

Contents

094　麋鹿有一场春天的约会
108　追逐鸟儿的人
123　与鹤共舞
130　如果罗密欧与朱丽叶相遇在花海
137　适合做梦和发呆的地方

151　第三章　天下盐城，技艺不凡

152　用渔民号子打开巴斗
156　这一世，非淮剧不可
160　中国人喜欢孙猴子，外国人也喜欢
170　形之『笔』『墨』

目录

第一章 印象盐城，以『盐』代言 ... 001

以盐为经 历史为脉 ... 002
以水为媒 灵气自来 ... 008
人杰地灵 底蕴悠厚 ... 024
小吃深处是故乡 ... 050
手艺与味觉的对话 ... 060

第二章 生态盐城，气质不凡 ... 075

一场『生态』外交的历险 ... 076

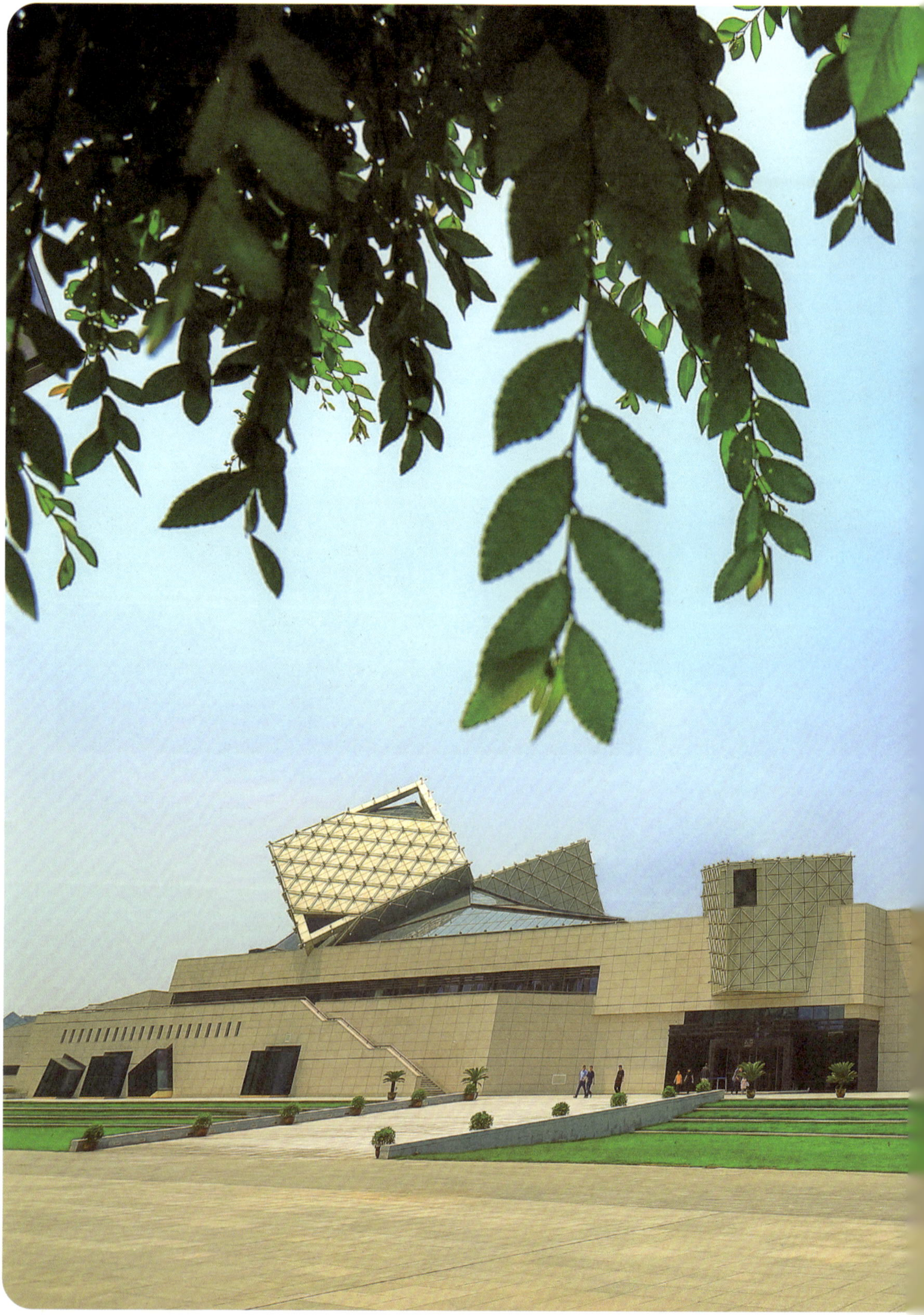

01

印象盐城，以『盐』代言

第一章
CHAPTER ONE

中国海盐博物馆

以盐为经 历史为脉

盐，大海的结晶，是承载人类文明的微小晶体。而文化是时间的沉淀，千百年来，盐城，徜徉在盐文化的历史长河中，一直以"盐"为自己代言。

盐城，东临黄海，因其独特的地理位置，与"盐"相依共存。

串场河穿城而过，缓缓地流淌，流过唐宋，镶串起富安、安丰、草堰、白驹、刘庄、伍佑、便仓、上冈等一众城镇，也连接了范公堤沿岸的十多个盐场。

这条筑堤取土形成的人工运河，是城市的生命线、母亲河。历史上，海盐生产、运销、仓储，皆依河而起；规划布局、居民聚集，皆因盐而兴。

盐是历史的主角。盐围着城，吸引了人；城绕盐，缔造了城。

千年而逝，从农耕到工业，如今盐城只有盐场才有白花花的盐碱，海堤以西，再也难觅大片茂密的盐蒿。

漫长的历史长河中，盐承载着崇高的使命，书写着红色史迹中浓墨重彩的一笔。1941年，新四军为解决盐阜抗日根据地民食军需，在盐城东部沿海地区（今滨海县境内）开荒兴办盐场，取名"新滩盐场"，亦有新生之意。1944年，中国盐业史上，第一个党支部就诞生在新滩盐场玉华所，素有"江苏盐场小延安"之称。

在盐城谈盐，以盐为经，以事为纬，故事和人都是被卤浸过的、被盐腌渍过的。

五彩斑斓的盐碱池，相军堂展示着一张瑰丽的照片。他解释道，从高空俯瞰，由于盐碱池中卤水浓度不同，晶体在阳光不规则折射下，呈现出五彩斑斓的色彩，青、黄、红……当然也有其他因素影响，蒸发量越高，颜色就越偏红。

盐世界

说起盐,相军堂眼里闪烁着兴奋。他面孔黧黑,自小生活在盐滩边,推门即是盐场,随父母下盐滩是家常事。像是一种宿命,1998年,相军堂到盐场工作了。

盐城冬季气温低,为淡产季节;春夏秋三季气温升高,由于七八月雨量大而集中,无法产盐,生产期被分割为两段:上半年的"春晒"和下半年的"秋晒"。时间不曾闲暇,秋季扒盐,随后补圩、破碴,再扒盐。

凌晨四点的盐场,万籁俱寂,结晶池里,盐已铺满池底。在生物钟的驱使下,相军堂准时醒来,他先看有没有下雨,如果是个晴天,就可以开始扒盐。

唰——唰——偌大的盐田里回荡着扒盐的声音,如海浪般。

几个小时的劳作,盐田埂上已是大大小小的白色盐堆。

对于日晒制盐法相军堂烂熟于心。扒盐结束,盐工们将盐运往田边,盐粒在烈日的照射下格外晃眼。纳潮、制卤、结晶、旋盐、扒盐、归坨①,六道工序,纯手工制作技艺,得天独厚的地理环境,盐城的盐"色与净砂无异",不仅富含多种微量元素,而且外观洁白、质地细腻。

①纳潮分自然纳潮和动力纳潮。自然纳潮是在涨潮时让海水沿引潮沟自然流入,动力纳潮一般采用轴流泵将海水引入。

制卤,根据每日蒸发量适当掌握蒸发池走水深度,使卤水浓度逐步提高,最后浓缩成饱和卤。

结晶,当盐池浓度达到饱和时,盐将以晶体形式析出,在过饱和溶液中,不断维持溶液过饱和度,晶体继续生长。

旋盐,在卤水结晶过程中,用粗绳子反复搅拌。

扒盐,采用人工和机械设备将原盐集中运送到盐田边,经过卤水淘洗后,原盐变为白色,再经管道运输将原盐堆积成一座座盐码。

归坨,每次新产盐斤在小坨暂时堆放,经化验分出等级,在下一批盐扒收前,按等级沿交通路逐一集运归入大坨封盖保管。

相军堂走规模化生产,刘勇则恪守古法制盐。刘勇2002年加入江苏银宝东昇制盐有限公司,盐城气候温和,光照充足,大片平坦的海边滩涂,形成了大片天然盐田。依靠光照,海水在大面积的盐田内,通过自然蒸发,逐步浓缩析盐。

初冬是产盐的淡季,盐池上有风轻轻拂过,呈呜咽之态。自幼生长在八卦滩边上,刘勇坚守,是因对古法制盐的情感,像回归,也有一种责任。"我不敢

旧工作场景照

走,也不能走,千年的技艺总不能丢了。"刘勇对脚下这块土地,有很强烈的责任感。

八卦滩与银宝集团相距不远。盐田里洁白如雪。

刘勇指着前面圆丘一样的地方,说,那就是八卦滩的圩里。跟随刘勇,我们走了上去,八卦滩丛生杂草,早已废弃。

老一辈说,八卦滩起始于清末民初,糅合《易经》八卦,以圩为单位,廪地住家居圩中央,围绕圩四周,辟有八份滩,整体四周高、中间低,从空中俯瞰呈正方形,布局合理精妙。刘勇说得直白,八卦滩的设计、布局、运行,一道道工序,纳潮、扬水、制卤、结晶、扒盐,环环相扣,井然有序,其实映衬的是先民的管理经验和聪敏才慧。

盐古写为"鹽"。中国海盐博物馆里如此解读:从字形上看,上部为"卤"字,像容器,有盐碱地的意思,下部为"皿",牢盆、盐盘之类,是用以煮盐的工具;从行政角度看,盐也代表着君臣关系。中国历史上的城市,有一种是"因利所以聚人,因人所以成邑",盐城因淮盐而聚人成邑,盐盛则市盛,盐衰则市衰。

古语有云"两淮盐,天下咸",又言"东楚有海盐之饶""国家经费,盐利居十之八,而两淮盐独当天下之半"。

盐城是当之无愧的盐之城。盐业的兴盛助推了商贾文明的发展,也兴起了盐的哲学——平民文化[①]。

明朝哲学家王艮完美阐释了平民文化。

王艮出生在东台市安丰镇,出身为烧盐的灶丁,曾从事贩运,后师从王阳明,悟出了一套格物安身的哲学。王艮最重视"百姓日用"之说,有所谓"夫子亦人也,我亦人也",认为圣人与凡人没有本质区别。而此风采,是明代思想史上最富生气的哲学精神。

盐,成为盐城人生活、生命的一部分,盐成为盐城人的身体、日子,盐成为盐城味道、美食的存在,盐也滋养了盐城人的品性:聪慧、勤劳与锲而不舍。

[①] 陆玉芹在《江苏地方文化史·盐城卷》中提出平民文化的概念。陆玉芹为江苏大丰人,历史学博士、教授。盐城师范学院历史与公共管理学院院长,大运河文化带建设研究院盐城分院常务副院长,盐城地域文化与社会治理研究院院长。

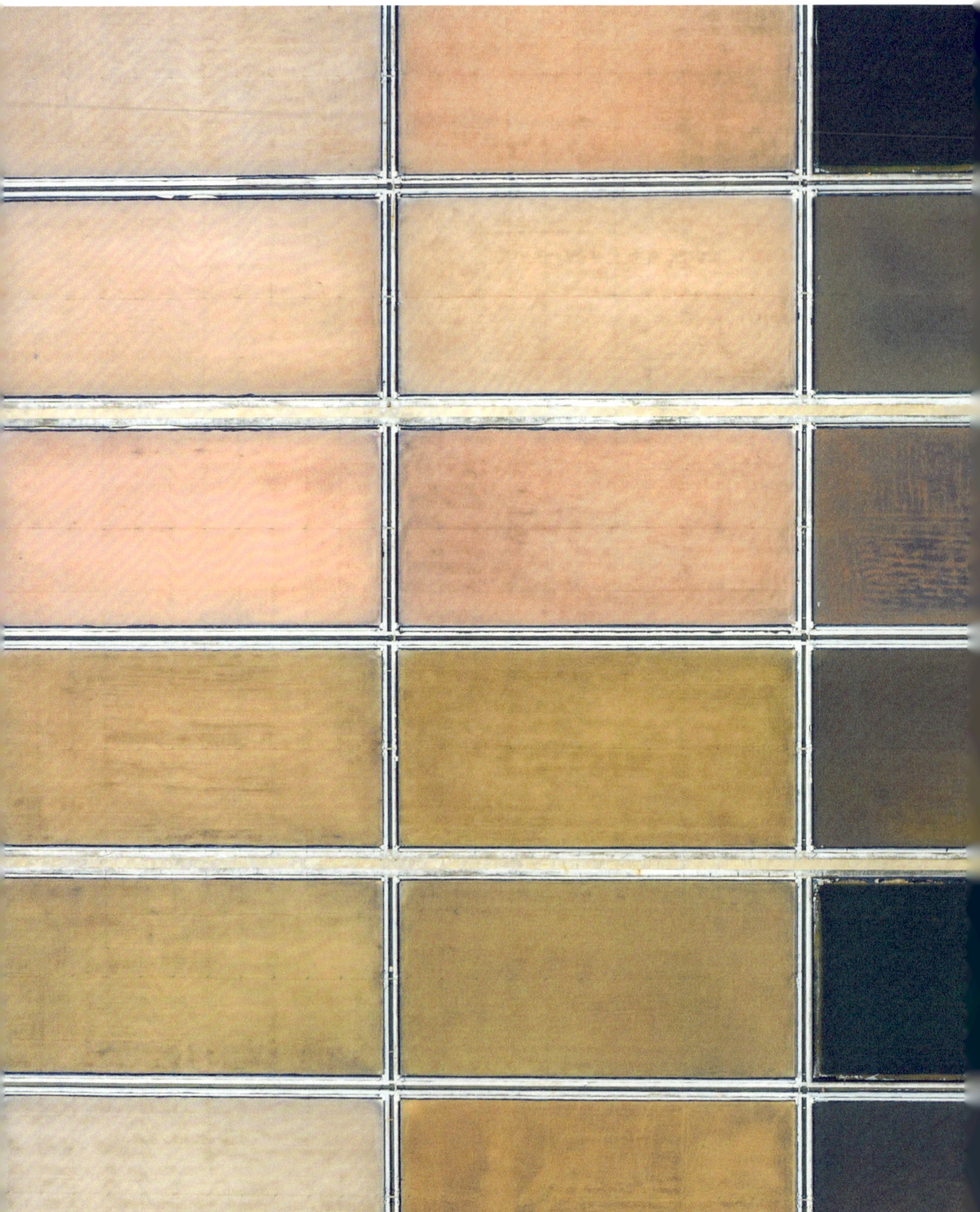

盐世界

盐田调色板

以水为媒 灵气自来

  盐城,被誉为"百河之城",地处江苏沿海中部、淮河流域尾闾,具有优裕的水资源、水生态禀赋。无论是广阔的沿海湿地,还是丰沛的河湖资源,都彰显盐城鲜明的水乡特色。

大纵湖

串场河畔迎宾公园

盐城人的 串场河

  范公堤，北宋时期范仲淹、胡令仪与张纶等人主持修建的捍海堰，经元明清三代续筑，自吕四至阜宁长700余里，后人为纪念范仲淹，因而将其称为范公堤。范公堤沿唐宋时期苏北海岸线修建，后随着黄河夺淮入海，海岸线不断向东延伸，范公堤大部已经深入内陆，但当时范公堤保护了沿海盐户、农户的生存，范仲淹以实际行动实践了"先天下之忧而忧，后天下之乐而乐"的崇高理念。

  值得一提的是，204国道东台段就以原范公堤改造而成，随着社会的发展，204国道改建扩建，不少地段已经脱离了原址，但不少地方仍保存有范公堤残段。

  范公堤之土取自堤畔，由此形成串场河。

意大利旅行家马可·波罗曾从东台登岸，沿串场河北上，目睹沿海盐场"满地雪花"，大呼惊奇，后写进了他的游记。

江淮乐地，水韵延绵，与范公堤相生相伴的串场河，河如其名，就是把各个分散的盐场串起来，现在沿线仍然分布众多海盐文化遗迹，不难想象曾经"烟火三百里，灶煎满天星"的胜景。这是一条流淌着海盐文化的河流，也曾是一条流淌着江淮富庶与文明的河流，更是一条被历史的风尘遮蔽其风华较久的河流。

千百年来，这条古老的河道与盐城的发展休戚相关，从"农子盐课，皆受其利"的盐场文化，到"舳舻往来，恒以千记"的水上廊道，还有那"登瀛晚眺""杨楼翠霭"的水绿美景，以及曾经"城市中心""商贸发达"的热闹鱼市口，串场河无疑是盐城主城区最具标志性的河流。

盐城人将串场河誉为"母亲河"，作为城市文化脉络的象征，她当之无愧。

《三国演义》和《水浒传》乃是家喻户晓、流传千古的经典之作。巧合的是，这两部小说的作者罗贯中与施耐庵，当时皆曾身历元末的农民起义，并且二人皆投靠于同一雄才伟略的人物，连鼎鼎大名的刘伯温也曾在此人麾下为之效力，他便是百姓口中的英雄——张士诚。而张士诚便是盐城大丰人，他所发起的"十八条扁担起义"便发生在串场河两岸。

游串场河的码头就在水街的老轮船码头，如今的串场河游船线路保留的是古运河航道中盐城市区的一部分。通过串场河游船线路能看到盐城的古八景（铁柱潮声、平湖秋色、石桥春涨、登瀛晚眺、杨楼翠霭、瓜井仙踪、范堤烟雨、龙祠胜概）以及沿途的城市风貌。

夜游航线全长3公里，从水街码头驶出后，画舫船在河道上掀起一道道水波，从窗内探出头感知这秋风的夜色，看着河堤两岸的建筑由古色古香到城市楼宇再转变到欧风建筑，一路上还会穿过十余座古桥，这也不失为一种浪漫的体验了。

盐镇水街

悠悠古韵 盐镇水街

既然是水乡，怎么少得了水街？

水街整个建筑风格为仿古建筑，八百余米的水道蜿蜒曲折，亭台楼阁临水而立，墙体采用黏土青砖，屋面为青瓦或琉璃瓦，配置仿古门窗，展现了盐城水乡风情和海盐历史文化风貌。

水街的景区分为大宅门、天水广场和驿水酒家三大片区，建有水云阁、漂舟戏苑、瀚墨阁等特色景点和部分商业店铺，安排了水上游船和陆上游览线路，集中展示地方戏曲、杂技、老行当和民间艺术等民俗文化。

暮色降临，水街便又美出了新的高度，各色景观灯陆续亮起，一片璀璨辉煌，一盏盏红灯笼也倒映在水面，将河水染出绚烂的色彩，此刻的水街一片流光溢彩的美好模样。

夜幕降临，串场河两岸上演一场以平民文化、海盐文化展开的行进式实景演出《串场夜画》，给人们带来视听的极致享受。

《串场夜画》行进式实景演出

欧洲小镇？这里应有尽有 欧风花街

  从串场河的游船下来，就来到了欧风花街，这里是盐城文旅的新地标，也是盐城的最美"城市会客厅"。沿街可以感受到纯正的欧洲风情，置身其中，欧式雕塑、钟楼、立柱、拱形屋顶都渗透着威尼斯的建筑风格，仿佛真的来到了一座欧洲小镇。

  顺着小街信步，两岸的花香夹杂着各色美食的香味，造型别致的小吃餐车随处可见。

  这里有渔人码头连接着盐城的母亲河——串场河，河上轻烟袅袅，有小船

欧风花街

在河上缓缓驶过。水景广场是最富亮点的区域，不同风格的特色建筑的灯光，在水中荡漾成一片斑斓的色彩。

　　喷泉随着音律和灯光的变化展示多彩的舞姿，颇具地中海风情。喷泉广场上打扮新潮的歌手激情弹唱着异域的情歌，游人也止不住踏着欢快的节奏随之起舞，周边有一系列意大利美食。

　　街区中部是法式风情区，除音乐餐厅等餐饮设施外，还设有小型连锁超市、花店、书店，人们可在岸边一边购物，一边悠闲地欣赏美景，充满乐趣。

追寻千年历史风华 珠溪古镇

珠溪古镇是盐城大市区唯一保存较为完好的古镇，始建于西汉，复兴于北宋，鼎盛于明清，在两淮盐场中享有"三十六场，大不过伍佑场"的美誉，制盐史已长达2100多年。古建筑之俊丽，串场河之灵秀，赋予了珠溪古镇自然淳朴之美；青砖黛瓦、亭台楼榭、宗庙祠堂、攘攘商贾勾勒出古镇城水相依的秀丽画卷。

穿梭于古镇历史文化特色街，"六河、九街、十八巷、二十六桥"格局肌理清晰。在文曲巷，烟火气扑面而来，50余种特色小吃香气四溢。珠溪古镇坚持量体裁衣植入新业态，除了百年非遗老字号"合成昌"，还入驻了"秦淮人家""廿宅"等餐饮民宿品牌，引入了"水绘红楼早茶馆""红陶山丘围炉煮茶馆"等年轻休闲娱乐品牌。

"千年珠溪"风华再现，正在成为更多人心中的"诗和远方"。如今，一座现代化的记忆馆傲然矗立，借助数字技术勾勒出范堤烟雨，古榆垂柳的错落，盐廪的芦蓆被风唤起，海盐洁白似雪……古镇留得下记忆、载得住乡愁。

《相约伍佑》

盐世界

珠溪古镇

KK-PARK 国际街区

打破界限，多边体验 KK-PARK

KK-PARK国际街区，盐城首个游乐场与商业场景相结合的"沉浸式国际娱乐街区"，总建筑面积约11.2万平方米，是盐城经开区韩风国际文化名城规划的核心区域。KK-PARK在业态设计和空间布局上打破传统边界，以"商业+娱乐+文化+旅游+生态"的全新模式，打造具有国家品质的集文旅、创意为一体的消费场景示范区。

在街区业态布局上围绕中心湖区，划分为"一衣带水""双城故事""浪

漫满屋"以及"花好月圆"四大区域。引进国内外高端品牌的旗舰店、概念店、体验店等业态，拥有4家国际品牌、5家韩国品牌，集聚Fullstar livehouse、Insider文创集合店、音乐房子、口袋屋等"首店品牌"26家。

　　步行在街区内如同身临韩国街市，霓虹闪烁，市井繁华。在这里，可以尽情享受各个区域所带来的不同体验，无论是喜欢休闲购物、品味美食，还是追求新奇与刺激，都能应有尽有地被满足。

数梦小镇 D·A 艺术街区

艺术与科技相结合 数梦小镇 D·A 艺术街区

  数梦小镇D·A艺术街区是深耕艺术与文化打造的盐城首个艺术主题街区，以"艺术、运动、人文"为核心，全力打造潮流、艺术、景观完美融合的标杆艺术街区。科技感、艺术感十足的场景打造，赋予市民更多的想象空间及互动体验。

  三米高的"红桃皇后"、活泼可爱的白兔、超大扑克牌人偶吸引人们跟着乌龙剧团的脚步在《爱丽丝梦游仙境》的童话世界里遨游；铿锵的鼓点如浪潮扑来，美妙的音符在风中跳动，D·A艺术市集里，音乐、表演、创意、美食等

元素有机融合，感官冲击瞬间拉满；捏制、修坯、上釉、彩绘，抱璞艺术馆里，人们可以在驻留艺术家的指导下体会陶艺；《嵩山十年当代艺术展》《黄玉龙雕塑作品展》，让人们在不同的艺术形式中陶冶身心、读懂艺术家的内心表达；水镜舞蹈、音乐狂欢是听觉与视觉兼具的绝美盛宴；"言也席"文化艺术论坛则为游客奉上诗词歌赋的饕餮大餐……

射阳后羿射日传说

　　后羿，中国上古时期的人物，乃帝尧座下的卓越射师，相传是嫦娥的丈夫，亦是神话中的射日英雄。"后羿射日"的传说在民间口口相传几千年。后羿自幼在山林中生长，以精湛的射术受到帝尧的青睐，并被封于商丘，成为射师。后羿凭借他惊人的能力，帮助帝尧成功射下了九日，匡扶黎民。

中华后羿坛

月亮湾

滨海月亮湾传说

  传说在很久以前，有个叫王小二的青年，父母双亡，无依无靠，孤身一人来到黄河入海口浅海湾外，依靠砍柴捕鱼为生。一日，王小二见一打鱼人篓里摆放着一条金光闪闪的大鲤鱼，心善的王小二放了金鲤鱼。没几日王小二遇见一个年轻的姑娘，见她孤苦伶仃就收留了她。两人日久生情，很快结为连理。后来才王小二知道姑娘是龙王家千金，是最小的一个女儿。她此前到黄河耍玩，被渔人捕捉上岸，是好心的王小二救了她的命。她为搭谢救命之恩，从东海龙宫来到王小二身边与他成亲，帮他过上好日子。东海龙王得知真相后发怒，要把王小二和孩子淹死，把小龙女押回龙宫。不想小龙女菩萨心肠，她对王小二说："我们不能因为自己让沿海百姓遭殃。"夫妻俩日夜不休地筑堤挡潮。后来，经过一场人仙联手，勇斗东海龙王的大战，最终虾兵蟹将悻悻败阵而逃。

  沿海百姓为了感谢小龙女和王小二，就把小龙女开药店的高堆叫作药堆，把堆外的浅海湾叫药堆湾。后来由于此处酷似月牙状，智慧的滨海人给它起了个富有诗意的名字——月亮湾。

人杰地灵　底蕴悠厚

陈琳

"建安七子"之一的陈琳，字孔璋，出生年月不详，卒于217年，古射阳(现为盐都区大纵湖镇)人，东汉末年文学家，素有才名。他与孔融、王粲等一起并称为"建安七子"。陈琳初为古射阳(即盐渎)地方官，后任何进主簿。何进欲召外兵诛宦官，陈琳屡谏不听，何进被害。董卓乘乱率兵进洛阳，陈琳随袁绍伐董卓，并掌管书记。袁绍令他作《为袁绍檄豫州》，指责曹操无德，不可依附。后袁绍败，因陈琳文雄海内，又为曹操留任司空军谋祭酒、管记室。陈琳诗、文、赋皆擅长，代表作《饮马长城窟行》，写人民徭役之苦，极富现实性。明朝人辑有《陈记室集》。

陆秀夫

"千古一相"陆秀夫（1236—1279），字君实，一字宴翁，别号东江，楚州盐城长建里（今江苏省建湖县建阳镇）人。南宋左丞相，抗元名臣，与文天祥、张世杰并称为"宋末三杰"。1271年元朝建立，之后便对南宋虎视眈眈。1279年正月，元朝开始了对宋朝的进攻。降元之将张弘范率元军攻至崖门，由此对南宋形成了三面包围之势。南宋奄奄一息。

面对巨大压力，陆秀夫见无法突围，背着宋幼帝跳海自尽。崖山海战之后，海面上漂起了大量的浮尸，陆秀夫的尸体被村民埋葬了起来。

陆秀夫纪念馆

西溪三相

西汉时期，西溪因盐兴镇，成为江淮名镇；北宋年间，朝廷先后委任吕夷简、晏殊和范仲淹为西溪盐官。他们在西溪创下了政绩，先后入京担任宰相，史称西溪三相。

一相吕夷简到任西溪后亦仿植牡丹一株，并围以朱栏，悉心呵护。花开时节，但见牡丹花开百朵，吕夷简情不能已，遂赋《咏牡丹》一首："异香浓艳压群葩，何事栽培近海涯。开向东风应有恨，凭谁移入王侯家？"

二相晏殊，五岁能诗，七岁能属文，被赞为"北宋第一神童"。二十三岁时，晏殊被朝廷派任西溪盐仓监，刚到任西溪，便灵感乍现文思泉涌，在此留下了千古名句："无可奈何花落去，似曾相识燕归来。"在任期间，晏殊修建晏溪书院，

吕夷简

晏殊

范仲淹

兴办教学，沉淀了西溪古镇的书香氛围和文化底蕴。西溪也因缘于晏殊，有了"晏溪"之名。

三相范仲淹，到任西溪时，牡丹花开如云，此情此景，诗兴大发，题诗一首："阳和不择地，海角亦逢春。忆得上林色，相看如故人。"在范仲淹的主持下，黄海边便有了一条自西溪往北绵延90公里的巍巍长堤。这道海堤横卧于黄海之滨，拒惊涛，护良田，里下河平原成为江淮大粮仓。为纪念惠泽于盐海灶民的范仲淹，人们为海堤取名为"范公堤"。

施耐庵

施耐庵（约1296—1370）原名彦端，字肇瑞，号子安，别号耐庵。文学家。元至正十三年（1353），白驹场盐民张士诚等18名壮士率灶丁起义反元。施耐庵不仅参加过张士诚所领导的农民起义，还与拜他为师的罗贯中一起研究《三国演义》《三遂平妖传》的创作，搜集、整理关于梁山泊宋江等108名英雄人物的故事，为撰写《江湖豪客传》准备素材。至正二十七年（1367），朱元璋灭张士诚之后，到处侦查张士诚的部属。为避免麻烦，施耐庵征求兴化好友顾逖的意见，在白驹修了房屋，从此隐居不出，专心于《江湖豪客传》的创作。《江湖豪客传》成书后，定名为《水浒传》。

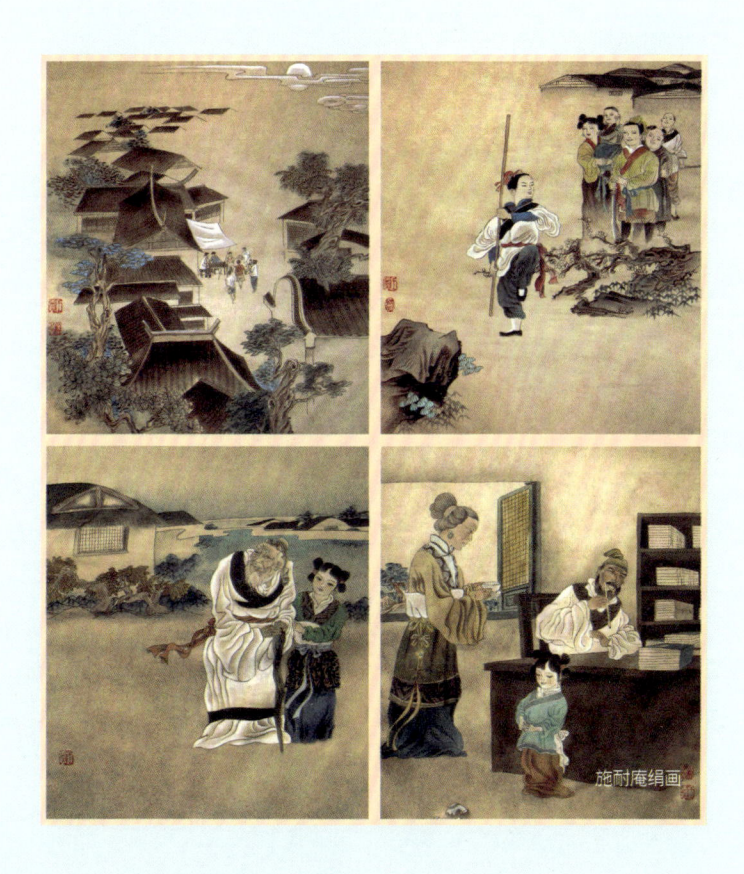

施耐庵绢画

王艮

明朝哲学家（1483—1541），初名银，王守仁替他改名为艮，字汝止，号心斋，东台安丰人，出身盐丁。

他拜当时著名哲学家王守仁为师，刻苦自学，提出了百姓日用即道的命题，主张从日常生活中寻求真理，他认为，道要解决老百姓的吃饭穿衣，有饭吃、有衣穿就是道，就是真理等。王艮一生没有参与封建政权的统治活动，不肯做官，终身为民。王艮是泰州学派的创立人，他广收门徒，弟子中有樵夫、陶匠、农民、盐丁等，他终身讲学，始终接近劳动人民，后人将其著作辑成《王心斋先生遗集》。

吴嘉纪

吴嘉纪（1681—1684），泰州安丰场（今东台市安丰镇）人，字宾贤，号野人，明末清初闻名的布衣诗人。吴嘉纪长期身处贫苦灶民之间，凭借对社会黑暗的深刻体会，创作了大量杰出的诗篇。这些作品多数源于他的亲身体验，将灶民们的情感转化为自己的情感，如《临场歌》《朝雨下》《海潮叹》等。

冯道立

冯道立（1782—1860），清朝水利专家，字务堂，号西园，东台时垹人。青年时代他目睹家乡常闹水灾，便立志治水为民造福。他认真研究水利，常到实地勘察，参加过许多大、中型水利工程。有一次去勘察，3年未归，甚至途中路过家门而不入，大有大禹治水的精神。他为治理里下河地区的水患做出了很大贡献，为家乡办了许多好事，深得民众的称赞。他一生写有许多水利专著，如《淮扬治水论》《淮扬水利图说》(内有《七府水利全图》7幅)，系统科学地提出了根治苏北地区特别是里下河地区水患的具体方案，还有《勘海日记》《束水刍言》《测海蠡言》(后附《攻沙八法》)，是他几十年治水经验的总结，实用价值极大。

鸿道立展览馆

宋曹

宋曹（1620—1701），字彬臣，号射陵，明朝崇祯时官至中书，后辞官隐居。宋曹居山林隐逸，博学鸿词，屡招不就；性好游，善书法，工诗文，有真草书石刻、《书法约言》、《会秋堂诗集》等作于世，是古盐城唯见史册的著名书法家。

李汝珍与《镜花缘》

清代著名文学家李汝珍（约1763—1830）与盐城也有很深的渊源。他曾随其兄李汝璜到盐城大丰草堰场署闲住，于西团（今盐城大丰区西团镇）偶观海市蜃楼，有感而发写下不朽名著《镜花缘》。

胡乔木故居

乔冠华故居

盐城"二乔"

1912年，胡乔木出生于江苏盐城市鞍湖镇张本村。1930年考入清华大学，不久加入中国共产主义青年团。1932年，胡乔木回到了家乡，创办进步刊物《海霞》，在盐城转为中国共产党党员。1940年，经毛泽东提名，胡乔木任毛泽东青年干部学校教务长。自1941年起，胡乔木任毛泽东的政治秘书25年。在这个岗位上，胡乔木成长、成名，他站在中国政治舞台核心的最近处，见证和记录了历史的风云瞬间。后来他的职务变了，文笔常青，经常参加和主持一些重大的、纲领性文件的起草、修改及定稿工作，享有"中共中央第一支笔"之美称。

乔冠华，新中国杰出的外交家。乔冠华在中华人民共和国的外交活动中发挥了重要作用，参加板门店朝鲜停战谈判、出席日内瓦会议、草拟中美联合公报，特别在1971年11月，乔冠华率领中国代表团出现在联合国会议大厅，正式参加第26届联大会议并在大会上发表讲话，标志着中国在联合国合法席位的恢复。

盐都"三胡"故里

"三胡"故里位于龙冈镇鞍湖街道，"中共中央第一支笔"胡乔木、当代著名书法家胡公石、著名爱国民主人士胡启东均为盐都鞍湖人氏。龙冈镇利用特有的人文资源建起了涵盖胡乔木生平陈列馆、胡公石书法艺术陈列馆、胡启东陈列馆的"三胡"陈列馆。

河清海晏 古镇西溪

　　走进古镇西溪，就走进了一段超凡的历史空间。这里拥有得天独厚的自然禀赋，南风北韵兼而有之，河清海晏，时和岁丰，正是西溪古镇年轻又古老的模样。

　　东台在古代有西溪、宁海、东亭、建陵等许多雅称，"晏"也是其中之一。追溯其源头，西溪乃是先有之物，而后方才形成了东台。

　　可见，西溪古镇是东台的根脉，这里的每一寸土地都沉淀着历史的痕迹。

西溪，始建于西汉中叶，汉代东部是海，这里是国家级非物质文化遗产"董永传说"的发源地，当年的故事发生地"董家舍"，后改为"董贤乡"，现为台南镇"董贤村"。

这里是文化的摇篮，孕育了众多文人雅士。在这片土地上，诗词佳句从不乏呈现，文人墨客借着灵感之翼，留下了许多传世之作。吕夷简、晏殊、范仲淹三相亦在此留下了不朽的为政丰碑。

走进古镇西溪，时光的绵延与历史的沉淀交织。人们可以感受河清海晏的宁静与美好，体验西溪古镇那年轻而古老的韵味。

西溪旅游文化景区

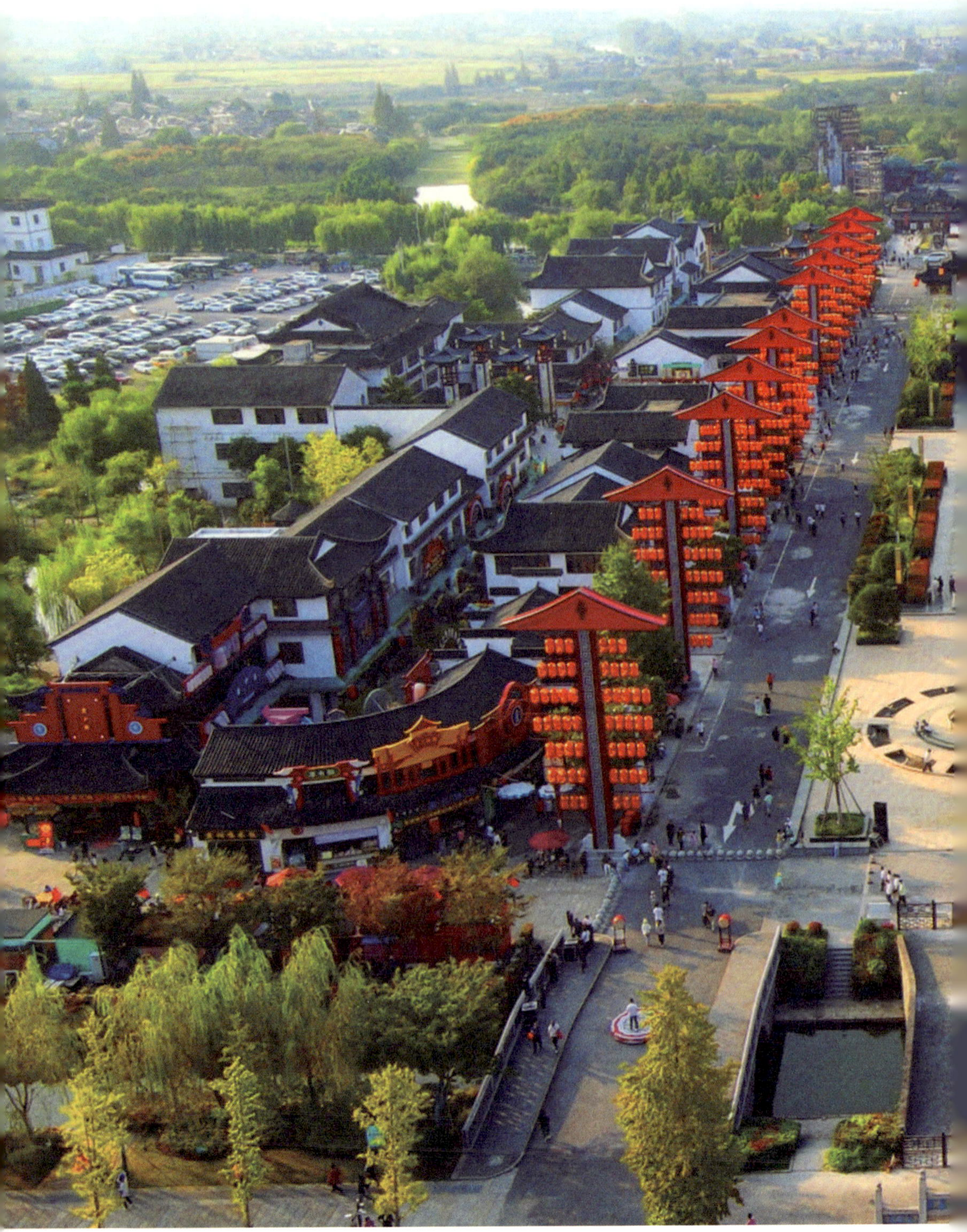

西溪天仙缘景区

仙幻实景夜游演出《寻仙缘》

董永七仙女传说

　　从古到今，西溪古镇这块古老的土地上流传着董永与七仙女的传奇故事。

　　古镇西南角有一小村庄，叫"董家舍"。传说，西汉末年董永就出生在这个村子里。

　　早在南宋时的《方舆胜览》中就有记载："海陵西溪镇，汉孝子董永故居。"清嘉庆《东台县志》也载："汉董永，西溪镇人，父亡，贫无以葬，从人贷钱一万，以身作佣"。所以说西溪是董永的故里。

　　传说董永家境十分贫寒，后来父亲不幸病故，董永无力葬父，只得卖身给曹长者做长工。年轻的董永终日辛勤劳动，虽说食不果腹，衣不蔽体，但每逢父亲的忌日，他总是悉心存下几许薄钱，用以购买供品祭奠。董永卖身葬父的孝心感动了七仙女。动了凡心便覆水难收，七仙女不顾天规森严，下凡奔赴董永。七仙女在西溪西南面的"十八里河口"与董永相遇，两人情投意合，于是由老槐树做媒，俩人结为夫妻，缔结了一段流传千年的爱情佳话。

盐世界

董永七仙女文化园

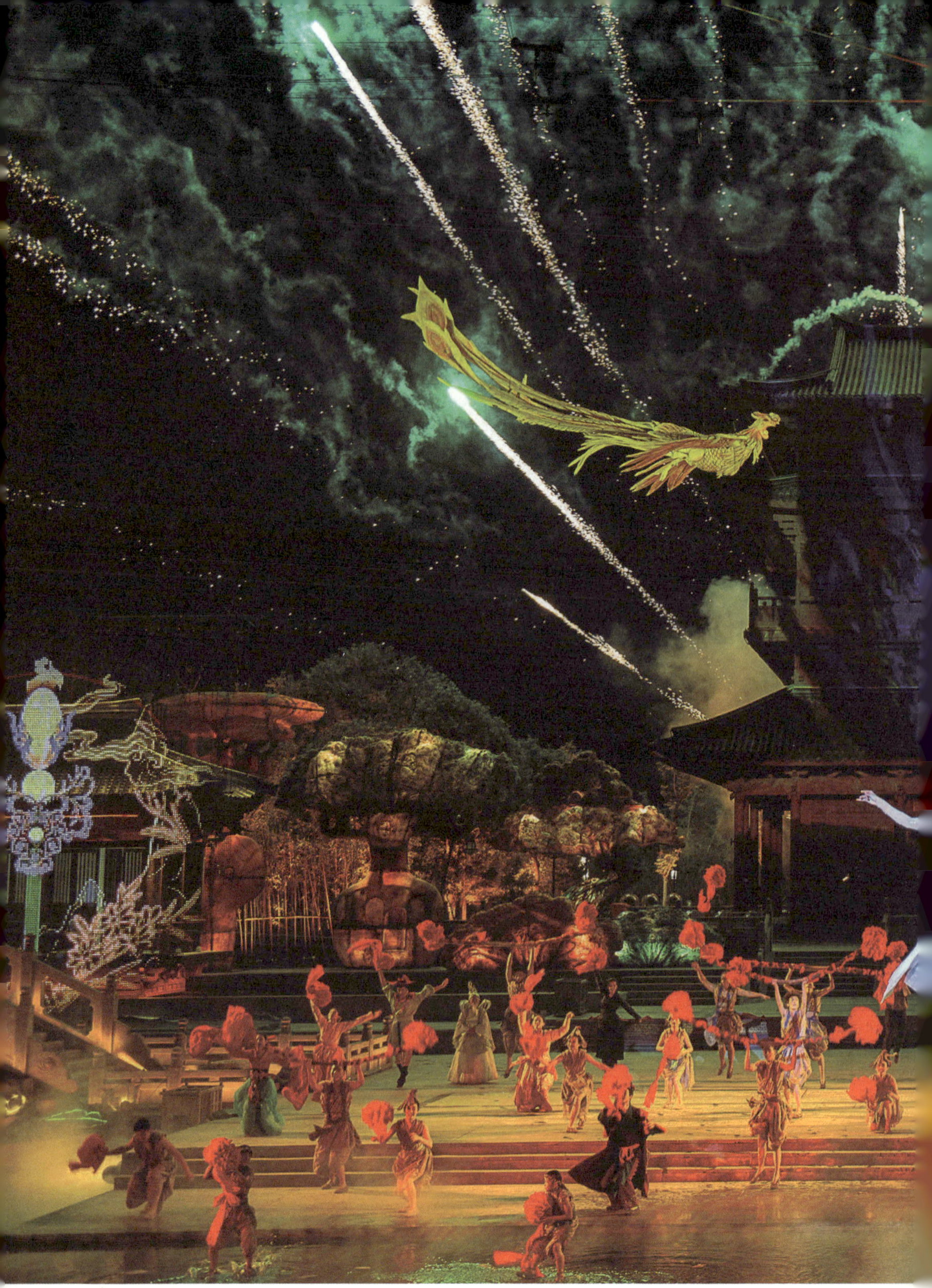

飞天仙幻实景剧《天仙缘》

"步步高升" 通圣桥

上桥为步步高升，下桥为通往圣贤之地。通圣桥始建于南宋，距今已有近千年的历史。此桥横跨晏溪河，寄寓修身积善、至臻圣贤之愿望，宋代时被称为"状元桥"，但凡要金榜题名、高中状元的人，都要来走走这座桥，取高中的意思。如今，东台西溪延续了这个传统，但凡要中高考的孩子，都会过来走走这个桥，在当地有句话：走走通圣桥，至少211。

通圣桥

倾听历史的辚辚车马声 安丰古镇

庭院深深，青瓦灰墙。古风新韵扑面而来，处处都记载着安丰的成因和文化精髓。安丰古镇在盐城东台，是一座历经千年沧桑的中华历史文化名镇。而藏身于这个古镇之中的安丰古南街，全长约378米，至今已有1200多年，是安丰古街保留最完好的一部分。

古街的街面历经时光打磨，早已发光铮亮。两侧的商铺犹如一幅超美的画卷，可以在街边看见摘了自家果子拿来卖的爷爷、三五成群唠着家长里短的奶奶，时间仿佛在这里就慢上了半拍，将人们带回到了悠远的过去。

安丰古镇

海春轩塔

平安老寿星 *海春轩塔*

　　厚重大气，千年坚守，西溪古镇之所以区别于其他的古镇，就在于它有一座承接历史的文化载体、江苏塔中寿星——唐代海春轩塔。这座千年古塔，天生拥有一颗坚毅的灵魂，以航标塔的姿势，指引人们一路向前。

　　相传唐朝建立前，山西朔州闹兵荒，幼年的尉迟恭（字敬德）随母一路逃难到东台西溪。那时，地处淮河流域下游的西溪为海边渔村，渔民出海捕捞，每遇浓雾或风浪，便有海难发生。此时，海滩上老弱妇孺，哭声一片，十分凄惨。尉迟母是一位心地善良的老人，每见此景，总是泪流满面，但又无力相助，只好嘱咐尉迟恭："儿啊，你今后如有出头之日，一定要在这里建座塔，塔上点起大灯，让渔民出海能辨个方向，少出人命事故，这是你的为人之道啊！"尉迟恭跪拜应诺："孩儿谨遵母命，铭刻在心。"

　　后来，尉迟恭果然出人头地，辅佐李世民开国平天下，受封右武侯大将军、吴国公等。发迹后的尉迟恭，没有忘记幼年母亲对他的嘱托，想到要在西溪造塔。

　　当地百姓感恩于尉迟恭为民造塔，便称此塔为"孝母塔"，亦称"尉迟塔"，并把它作为崇拜祈福的图腾。

　　"孝母塔"的建成，给沿海渔民带来莫大的福音。西溪也因海产丰盛而日趋繁荣，每年春季鱼汛，海鲜大量上市，南北客商云集西溪，热闹非凡。唐大历年间，淮南黜陟使李承奉命在这里开挖运盐河，修筑捍海堤，为给来往客商以歇脚躲雨之处，遂于宝塔一侧搭起一座长廊，称为"轩"，李承观赏宝塔和集市后，认为原有塔名已不能体现春回西溪渔盐兴旺之特色，便改塔名为"海春轩塔"。

　　"孝母塔"虽改名"海春轩塔"，然当地的百姓却一直喜欢称它的初名，并常常在儿孙面前讲述古塔的来历，让孝敬老人和为民造福的理念根植于一代又一代人的心中。

摩登之都 新弄里

　　盐城新弄里，是当地年轻潮人们的最爱，这里被戏谑地称为"盐城三里屯""盐城春熙路"，这里的建筑和品牌不是一般的潮，绝对是盐城商圈最Fashion的存在，将艺术、商业、休闲完美地融合于一体，也就此成为了盐城年轻人朋友圈最常出现的背景。

　　充满创造力的夜晚总是迷人的，有静静低垂的夜色，有灯火阑珊的街道，也有成千上万种灵感，"醉"在盐城的夜晚，有N种理由让你沉迷。

　　"万物皆可"的Supreme品牌店、蹦迪界的扛把子space、火出成都的贰麻酒馆、保利剧院……摩登都市的气息在这里无尽蔓延。

　　具有时尚枢纽、潮流圣地之称的"盐城·新弄里"，集文化生活、休闲娱乐为一体，在这里，随手一拍，便能直出无滤镜大片。新弄里以其独特之美，引领盐城人全新的休闲生活体验，成为他们畅游夜生活的天堂。

盐世界

新弄里

"言+买"书汇

大洋湾

《盐渎往事》

网红"大姐大" 大洋湾

　　日间花开成海,灿若云霞。入夜华灯璀璨,如梦似幻。樱花绽放的季节,连空气都弥漫着浪漫的味道。

　　坐落于大洋湾景区入口处的唐渎里,是所有来到大洋湾的游客最先被吸引到的地方。

　　唐渎里,是一个集大唐风情、人文古韵以及休闲美食为一体的网红街区,在这里可以体会历史古韵,感受人文古韵,吃喝玩乐,应有尽有。

盐世界

大洋湾登瀛阁

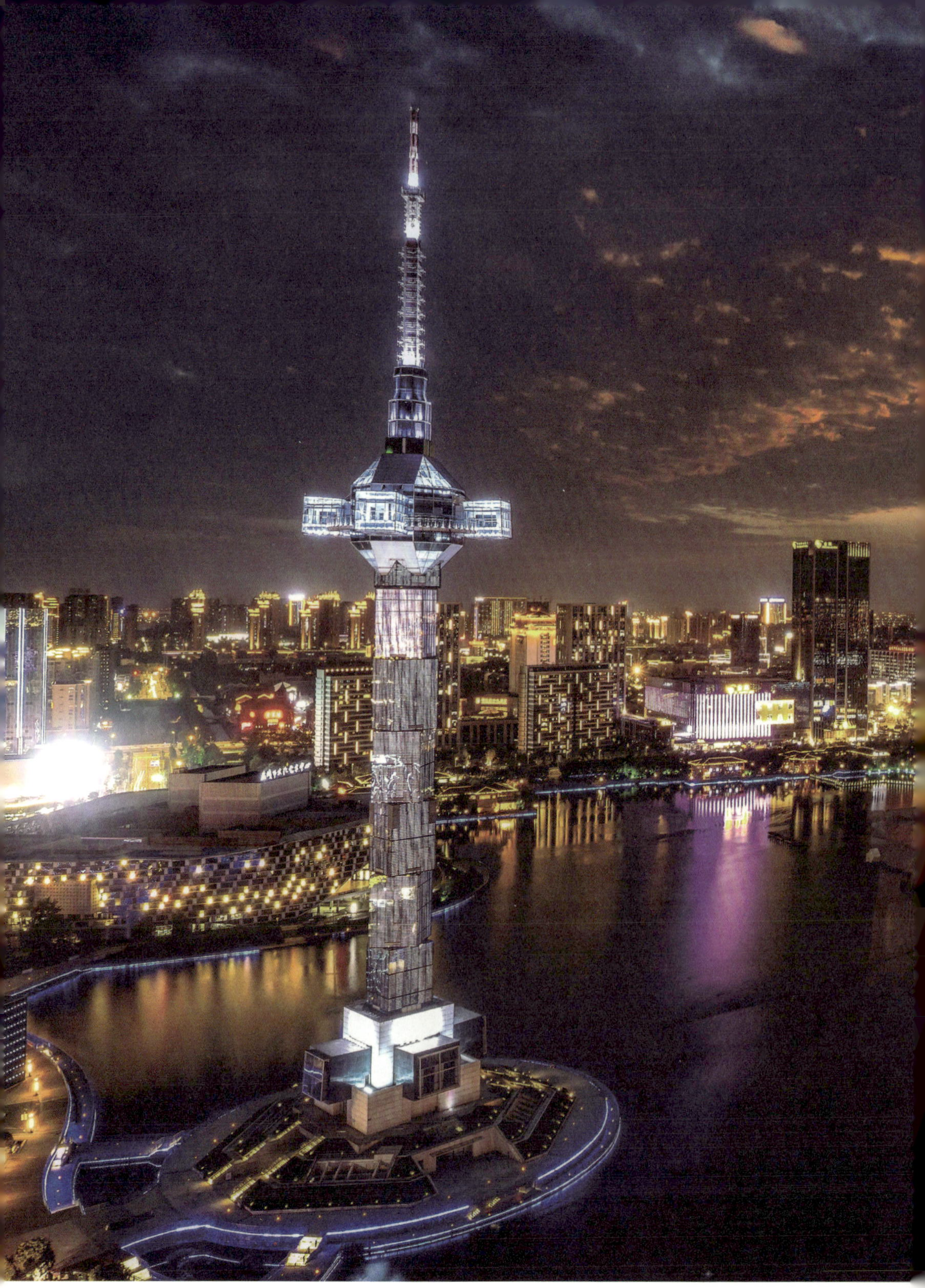

盐地标 盐立方

　　一座城市总会有一座地标式的建筑，盐城的地标，毫无疑问就是聚龙湖边这座有故事的"盐城广电塔"，当地人亲切地称呼它为"盐立方"。

　　盐立方电视塔全部采用玻璃幕墙，层层叠加，灵感源自盐的晶体。该设计还获得过全国钢结构设计的金奖，它的设计师江欢成院士，也是东方明珠电视塔的总设计师。

　　入夜的盐立方广电塔，璀璨夺目，像是扎根在聚龙湖的蓝色水晶，繁华中带着温婉，内里装着一片夜色。

　　透过盐立方的玻璃幕墙，所看到的夜景，如一幅充满现代科技感的画卷，建筑物倒映在水中，像是在诉说着水面的平静。

　　观景平台还设有邮局、书店、咖啡吧、休息厅等功能区，在云端品尝一口温暖的咖啡，欣赏着迷人的盐城夜景，就可以自成天空中的一方小世界。

小吃深处是故乡

与厅堂饭馆的雅致不同,小吃素来活跃于市井,却别有滋味。将这些活跃于市井的小吃集中,统一交由竹林大饭店管理,等于是赋予了特色品牌。而这些并不突兀,反而一切恰好。有人看到了熟悉的外观,有人联想起小时候的味道。说到底,人们对于地方特色小吃的认同,本质上是对地方文化属性的认同。

1

鸡蛋饼在盐城人心中的地位绝对是无可取代的,盐城人对鸡蛋饼的情结随着时间的流逝,在一代又一代人心中传承、加固。

许晓光做鸡蛋饼有些年头了,他的摊位不挂牌,在竹林大饭店中格外低调。他对自己的手艺很恭谦:"我做的鸡蛋饼跟外面差不多,除了酱以外没什么区别。"

盐城人心心念念的就是鸡蛋饼。盐城鸡蛋饼讲究软和、份足、辅料多,一般口感鲜香、咸而不齁、鲜而不腻。光顾的客人说,吃了鸡蛋饼便能咽下乡愁。

与"好"较劲,是要做到"最好"。许晓光抱着精益求精的心态,打磨手艺,连同脾气也打磨得温和不少。过去他是直脾气、急性子,在岗位上吃了不少亏。做鸡蛋饼把他的心性打磨了些,像极了手工匠人,每一个步骤都细致到了极点,也不慌不忙,哪怕排上一百号人,他也不抬眼看。一饼做完,平锅上干净利索,不见碎屑。

晨起和面,炉火已经将铁板烧至刚好的温度,在表面涂上薄薄的一层油,

盐城鸡蛋饼

这样可以有效防止面皮粘连，同时也可以把火腿微微煎热。随后舀适量的面糊，在铁板上快速摊开，面糊要薄厚适中、表面要均匀光滑。等面成型后，打上新鲜鸡蛋，片刻后翻面加热，待鸡蛋不再流动，淋上香油，撒上黑芝麻和葱花，刷上不同口味的浓酱，放入加料，将饼折叠好，一份美味的鸡蛋饼就做成了。

酱是鸡蛋饼的灵魂，似乎盐城人都爱研究酱。东台、大丰地区的麻虾酱，用小如芝麻的野生淡水小虾制酱，鲜香提味，再好不过了。

吃什么东西，配什么酱，不只是讲究，也是"和"。工作如此，家庭也如此。许晓光把家里料理得十分和谐，经常为忙碌的爱人准备餐食，三菜一汤，营养均衡，和而美味。

吃过盐城鸡蛋饼的人都说，鸡蛋饼的绝妙之处就在于它拥有极强的包容性。生菜榨菜、土豆海带、火腿里脊、培根肉松、油条茶馓，等等，五花八门，都可包裹其中，鸡蛋饼的Q弹柔韧，配上各种不同加料的特殊口感，辅以甜酱与辣酱的差异，碰撞出不一样的味觉体验。因此，一百个食客的口中，就有一百种风味各异的鸡蛋饼，盐城鸡蛋饼成为天南海北的食客在网上争相代购的特色美食。

喜事少不了糕粽团圆。朱奶奶喜欢这份热闹和寓意，自她退休后便重拾了父亲的手艺。她推车沿街贩卖，刮风下雨时候很不方便。搬到了竹林大饭店后，在女儿和儿媳帮衬下，朱奶奶轻松了不少。

越是节假日，朱奶奶就越繁忙，忙的时候一天得做五六百个团子。米糕用木头模子印的，一个个整齐漂亮。做糕是项技术活，将糯米粉和粳米粉按比例掺好，米粉喷上水后揉搓，充分吸湿，但不能结块，然后过筛，松松地放进模子里，她两手一搓一捏，包上豆沙或是芝麻，再一收口，一个漂亮的团子就做好了。

机器十分钟一响，打开锅门，整个房间像是浮在雾气里，刚蒸熟的米糕满香扑鼻，满口豆沙馅十分软糯。

忙忙碌碌的生活，朱奶奶觉得精神充实。"自己做的，吃得放心，也更香。"豆沙是自己做的，用的是白砂糖；芝麻自己炒的，米糕里不用色素。她的自豪来自勤奋质朴的付出，起早贪黑的日子，她想做到做不动了为止。

竹林大饭店

2

  盐城人说，记忆中的美食，有大海的味道。此言非虚，盐城东临黄海，湖泊密集，但这海水的味道，是虾糠提炼来的。

  支奶奶馄饨做了30年，早得心应手。左手拿面皮，放置掌心，右手用筷子夹馅，接着一挽，一捏，一撮，便成了一个。但见案板上，金元宝般腹鼓耳翘，列阵点兵般整整齐齐。

  老客都说，支奶奶的虾糠馄饨胜在鲜香。问及秘方，支奶奶也不保留，她指着两口大锅，一个用来下馄饨，一个来熬制汤料。虾糠就是干虾米，用其壳来熬汤，汤呈浅咖色，味道极鲜，根本不用味精来提味。

  馅料也是关键。每天凌晨4点，支奶奶的儿子都会去菜场挑新鲜的猪前腿肉，每次30斤，搅碎打成泥，兑上盐葱姜，搅合成馅。

  记忆中的美食有大海的味道，说的是支奶奶的馄饨，其实说的更是良心小吃。

  喝粥，也是盐城人早餐的日常选择。

  沈钰梁太忙，上午熬粥，下午配送另外三家店。在竹林大饭店里，各种美食刺激和碰撞后，肠胃也急需一碗好粥来抚慰。一碗好粥，滋养人的胃，还能给人带来精神上的舒展。

起名"梁字五粮粥",是一份孝心。"粥是外公发明的,我不能抢了他的功劳。"沈钰梁的外公曾在机关里做厨师,接待的国际友人、政要,对他的粥都赞不绝口。后来,沈钰梁要接外公的衣钵,先观摩怎么做粥,再做,直到外公喝下点头。

"五粮粥至今已经有七十几年了,是我家老太爷传下来的,老太爷现在已经不在了,我们不光把手艺传承了下来,也把味道和情感传承了下来。"

沈钰梁说,煮一次粥,至少两个小时。其间,人必须守着,看火候,还得多次用勺高举"扬粥",耗时耗力,稍有不慎,就有灼伤的风险。

五粮粥制作有三大特点,一是选材精良;二是制作独特,不是用传统的锅去蒸煮,而是选用特定的容器,用蒸汽蒸煮;三是过程分两次投米,然后放入小米粉、大豆粉、花生粉、玉米粉。煮出来的粥,米粒晶莹剔透,很有嚼劲。尽管混合了五种原料,但端上来的时候却是白净净的一碗,看不出任何杂质。白稠清香,浮沉着晶莹待化的米,含在口中软糯,咽下去齿颊留香。五粮粥与南京"美龄粥"颇有渊源,不过,食材更平民化,且在菜场就能齐备。从平凡中蒸煮出不凡的滋味,这大概就是五粮粥的精髓吧。

盐世界

五粮粥

醉虾、醉泥螺

3

离荷兰花海不远，有家农家乐，柳章华在里面做厨师。他是土生土长的大丰人。闲时，柳章华是抖音播主，做美食直播，手把手教网友怎么做红烧推浪鱼、醉虾、醉泥螺、麻虾酱等。他爱吃爱做也爱分享，醉虾、醉蟹、醉泥螺，为本地"三醉"，最有特色，他也最擅长。

外地人不会吃泥螺，柳章华一边示范一边讲解：口含醉螺，用两个门牙咬着尖子，转动舌头，吸出壳内的螺肉和油，还要剔去泥沙而不泄汁水。

洗干净的泥螺，先倒入老酒。据说，泥螺醉酒之后，身体会慢慢舒展开来。然后放盐。盐，不仅是调味，也是让鲜味得以保存的关键。"腌制泥螺，要了解盐分的大小，盐放多了，硬；嫩了，好看，但保质期短。都不好吃。"度的把握，没有经年累月的尝试，是难见功力的。

"我们农家乐最大的特色在于'土'，也就是本真，不依靠花哨的外观，或是猎奇的口味，讲究食材新鲜、口味正宗，是城里吃不到的。"柳章华说，到了周末，店里生意爆满，城里人去了花海，中午到了饭点，就拐到了这里。

在美食江湖中，"鲜"是必不可少的座上宾。柳章华说，盐城有"三鲜"，海鲜、河鲜、湖鲜；而素有"天下第一鲜"的文蛤，就大量产于盐城东台市弶港，尤其是在弶港以东的黄海滩涂最多，东沙沙滩那里的滩涂是最适宜文蛤栖息生活。每年农历七八月份，是捕获文蛤的最佳季节。柳章华说，无论是生腌还是蒸煮烤的做法，蛤肉的肥嫩美味都让人念念不忘。

靠海的人，吃海鲜不稀奇，但推浪鱼却是盐城独有。在盐城海滨咸淡水交叉的河港，特产一种红鲌鱼，喜逆水前进，故又名推浪鱼。最常见的做法是将推浪鱼置于盘中，以葱姜上下铺垫，并浇上适量料酒，上笼蒸熟。取出，剔除鱼骨鱼刺，并将鱼肉拆成小块呈上。柳章华说，别处吃不到的东西，更能体现这里的独特。

"仔细了,一口下去就吃了100只虾。"柳章华挖了一勺麻虾,半开玩笑,眼中满是自豪。麻虾是产于大丰、东台等江苏沿海地区的一种淡水小虾,对生长环境十分挑剔,多见于没有淤泥和污染的河流内,含有丰富的营养。柳章华经常要在夜间2点左右去捕捞,又须在3个小时内进行工艺处理。

麦芽糖是甜的,虾糠馄饨是鲜的,五粮粥是香的,泥螺醉人,还有早茶,是用来醒人味觉的。

每天早晨,市井巷弄的早茶店,早已顾客盈门。李拥钧的清晨是从一碟干丝、一碟花生米、一杯清茶开始的。这座城市的肌理,又一次散发着熟悉的味道。

少时的李拥钧,对早茶还没多少理解。囫囵填肚,草草充饥,流动摊贩推来的无论是足料煎饼、糕团点心、辣汤热面,裹挟着清醒的饥饿,他一气吃下去,饥肠饿肚开始变得温暖、充盈。

这些年来,世事变迁,李拥钧足迹遍历远方,目睹了大城市的繁华,更感慨于家乡白驹镇的质朴、简单。吃早茶,不讲究排面,苫布顶下拉个塑料凳子就坐,遇到熟人,李拥钧打招呼,递烟,送自家带来的茶叶。就这样,茶水挨着蒸笼,桌子隔桌子,各家归各家,继续吃吃喝喝①。

一顿早茶,吃上个把时辰。兴致所至,提壶茶而来,开怀畅饮。好话坏话、丑话瞎话,从国家大事到琐碎生活,从官场、商场到情场,无话不谈,饮酒喝茶,亲切热闹,充满人情味。

吃早茶的习惯,盐城人一如既往,兴盛不衰。市井中的茶馆,是存放盐城人精神的场域,仿佛是一种约定俗成的价值观:吃一口早茶,换一口气,提一下精神。

小吃从来不小,可见城市的特点和风格,能映衬出城市的历史和文化。说

① 《水浒传》中的很多用语,是现实中的白驹方言,比如"活泛""合口"等。历史上,白驹自唐代开始设立盐场建制,曾隶属兴化管辖,范仲淹在兴化县令任上开始修建了范公堤。

到底，人们对于地方小吃的认同，如同味觉定位系统，牵绊着的是记忆深处的故乡。

美食的记忆在乡野，在街巷，在市井，在城市的肌理之中，都在以各自的方式坚守与创新。人们去旅游，最想尝的也是当地的味道。这种味道里见精神，往往小中见大，因小而大。

人们的味道习惯也是有记忆的，小时候熟悉了的味道，就是记忆中的美食。盐城人对记忆中的美食，似乎也格外宽容。若是今儿手重了，明儿轻点就是，发挥失常也是人之常情嘛，不必斤斤计较。隔天还到这家，还点同样的。这份宽容，也是支撑着盐城美食记忆的一部分。盐城人的可亲可爱，在这里体现得淋漓尽致。

手艺与味觉的对话

市井巷陌、烟火寻常。手艺与味觉，匠心与相思。就在一份藕粉圆子、一碗鱼汤面里、一场"八大碗"宴席中。

1

那一日心情大好，因为吃到一份正宗的藕粉圆子。

为做藕粉圆子，单桂洲提前摆好了大肚锅灶，从冰箱里掏出汤圆大小的圆子。历经道道程序，最后出锅，盛在碗里，已是狮子头大小，挤在碗里，飘香诱人。藕粉圆子或是芝麻花生，或是红绿五仁，吃到嘴里滑滑嫩嫩，一口溜进胃里，口腔瞬间就被暖意包裹住了。

"藕粉圆子是精致的、平价的，也是时尚的。"单桂洲的藕粉圆子，是当地一绝，是他的个人品牌，一辈子的心血倾注进去了。

20世纪90年代，单桂洲在机关单位当厨师，他发现，无论人们生活水平提高多少，即使身在富丽堂皇的大饭店里，吃着餐桌上的山珍海味，但谈论的，还是某个后巷小摊的那一份藕粉圆子。

单桂洲品过各种藕粉圆子，要么外皮太硬，要么齁甜，外观不够精致，也不符合现代人的饮食需要。他开始搜索、整理童年的味道。

小时候，逢年过节、喜事庆典上单桂洲都能吃到藕粉圆子。藕粉圆子寓意团圆，既可以作主菜，也可以作甜点，有时候还会喧宾夺主，让其他食物黯然失色。

制作藕粉圆子有备料、搓馅、烫制、做汤4道工序。单是馅料就有讲究，单

藕粉圆

桂洲先将板油、白糖、芝麻粉加桂花、杏仁、核桃仁等制成馅心。有时，糖桂花与金橘皮也可入馅，香甜爽口之极。当馅料经过碾碎、搅拌、混合等步骤后，便可以裹上质感细腻的藕粉。搓成球状，放入装有藕粉的茶盘或竹匾中，均匀筛动，再使其粘上一层薄粉。

慢工出细活，细活出绝活。做一次藕粉圆子，前期食材准备最费时费力，"汆"与"滚"看似简单，同样耗费精力。汆，是将漏勺中的藕粉圆子放入95℃左右的热水，3秒后立即取出；滚，是取出藕粉圆子后，立马再均匀滚上一层藕粉。如此重复五六次之后，藕粉圆子便成了。

单桂洲有一门面，现在由徒弟和家人经营，他已退居二线，只管把控圆子的品质。如今他做藕粉圆子，更像是一种习惯。

"人活着，吃上一碗藕粉圆子，简单也快乐。"他的美食之道，是生活之道。

东台鱼汤面

冯友植也有一句话,说得也精妙:"盐城人的骨子里,都是鱼汤面的味道。"

无论寒冬腊月,还是酷暑高温,冯友植每天的头等大事都是做鱼汤面。至今,冯友植做鱼汤面已超过27年了。

东台鱼汤面是盐城早茶的名片。来盐城没有吃鱼汤面,总是少点意思。可做好一碗鱼汤面,并不容易,需要耐心、毅力,还得有点冒险和尝试。东台鱼汤面已经有200多年的历史了,1978年,被命名为"江苏省名点"。

鱼汤面的汤底至关重要。炖的是味道,也是匠心与传承,没点热爱真做不精。凌晨四五点,冯友植已经在市场上挑选好了刚从河里捕捞上来的鲫鱼,鱼不去鳞,把内脏全部清洗干净,不留杂质。再将猪油下锅沸至八成,放鱼入锅炸爆。

"带鳞炸鱼,是因为鱼鳞中含有大量的卵磷脂,可以提高汤汁的浓度。"冯友植说,其次要将鱼肉炸碎,这样让鱼肉中的脂肪充分融入汤汁。取猪骨和鳝鱼骨,用油煸透,这是给鱼汤提鲜的关键一招。将炸好的猪骨鳝鱼骨,同炸到酥烂的鲫鱼一起入锅,加水煮沸。在高温的作用下,脂肪发生乳化反应,汤汁很快就由清变白。

一碗面好不好,关键就在于汤和浇头。南京大碗皮肚面辣油漂花,食欲爆棚;镇江锅盖面面汤分离,面清清白白,汤醋色作拌;淮安长鱼面淮扬风味,葱香扑鼻,荤素均衡。

东台鱼汤面独特之处在于食材的选取、熬制的方法。鱼汤面制汤的原料是鳝鱼骨和鲫鱼,虽然口感鲜美,但有腥膻之味,若处理不好便会倒胃。

光是去腥,冯友植便花了大力气。鳝鱼骨洗干净后入锅,用少量猪油煸透,再将炸酥了的鲫鱼与鳝鱼骨一同入锅煮沸;待热汤滚沸后,再改以小火,慢慢熬煮;直到熬出稠汤,葱酒去腥,再用细筛过滤清汤,放入虾籽少许,即可作面汤。

做了汤,选面条,冯友植也亲力亲为。传统鱼汤面用宽面,改良后用细面,更入味。细细的龙须面,开水煮熟,放入碗中,再舀上一大勺鱼汤,浸没面条。食客们再根据自己的口味,洒上少许食盐、胡椒粉、香菜叶等调味,一碗鱼汤面算大功告成了。

东台鱼汤面的魅力,就在于总能在某个清晨黄昏,一次次唤醒人们味蕾的记忆。在东台,承载一段故事的东台鱼汤面,就这样牢牢地握住一把神秘钥匙,打开人们对美食诱惑的通道,让家的味道就此沉淀下来。

此外,西溪草市街有128种美食,既有东台的地道美食,也有百年传承的手艺,还有《舌尖上的中国》推荐的荧幕美食。

2

盐城人的传统美食里,离不开盐和糖。当盐遇到了鱼汤面,成就了盐城的早茶文化;当糖撒进了阜宁大糕,成就了"玉带糕"的美誉。

"我们家的糕点是有灵魂的。"沈雷指着桌上新研发的品种说,"我们也在研制适合各种人群的口味,比如适合年轻人吃的口味,如巧克力、核桃等,比如适合糖尿病和老年人等人群的无糖大糕。"用传统技艺对话阜宁大糕产业化,沈雷的理想正在逐步照进现实。

传统阜宁大糕重油重糖,让一些特殊人群望而却步。

在读研究生期间,沈雷做了关于阜宁大糕的课题研究。他年轻气盛,有理想和情怀,一个阜宁糕点师傅对他说:"如果你能把阜宁大糕改良创新,那你的贡献可就大了。"

阜宁大糕

2015年，沈雷研究生毕业后，回到家乡，加入江苏九如食品有限公司研发团队，从食材的特点、原料、配方、工艺、生产和包装进行改良创新。

既然要闯荡糕点江湖，那就拜师学艺。民间手艺人，大多隐于市井，淡泊安然，花了两年时间，沈雷四处拜师，虚心讨教，积累了丰厚经验。

制作阜宁大糕需要十几道程序，洗米、炒米、粉碎、润粉、熬糖、打捶、过筛、成形、回糕、焐糕、切片、包装，其中最难的在炒米。只有当其像爆米花开花，色泽微黄，含苞欲放，微微张口，口感才最佳。为了顺利开花，沈雷对炒米的温度、火候进行了数十次尝试，火猛了花会谢，火小了花开不出来，这个度的把握很难，前后近一年，沈雷才尝试成功。

改良了制作手法，沈雷继续挑战，糕点难以长时间保存，就去研发大糕润粉。有理论，又有实践，沈雷多了自信。

3

"我17岁在大众饭店做挑水工，起早贪黑跟厨房师傅学厨艺，后来获得了烹饪大赛比赛第一名，从此踏上了司厨之路。"盐城出大厨，"盐城八大碗"①作为淮扬菜系的重要一支，离不开厨师的推陈出新。王荫曾就是其一。

盐城八大碗一共有八道菜，"农家烩土膘、红烧糯米肉圆、大鸡抱小鸡、红烧肉、萝卜烧淡菜、芋头虾米羹、涨蛋糕、红烧刀子鱼"。就地取材，从土地刨、从海里捞，是盐城八大碗的地道。王荫曾说，盐城食材种类、数量占优之外，境内河港交织如网，湖泊星罗棋布，水产禽蔬联翩上市，海鲜野味不绝于时。有了小海鲜的点缀，八大碗的地道中又添特色。

① 盐城八大碗的诞生，带有传奇的色彩。相传东汉末年，见于史书的第一任盐渎县丞孙坚，一上任，就碰到一件奇案，反复侦查仍毫无头绪，为此苦思冥想，梦中惊醒，用八道菜宴请八位神仙，后破案，由此创制了"八大碗"。到了隋末，韦彻占据盐城自立称王，建置官署，修建宫殿，宴请地方士人时为了彰显身份，在八大碗宴席中加入许多名贵食材，由此，八大碗从民间进入宫廷。

农家烩土膘
寓意：求贤若渴，以礼下士。

据《盐城县志》记载，鱼鳔历来为盐城贡品，非常珍贵。通常第一道菜是烩土膘。盐城人将猪皮涨发烹制，俗称"土鳔（膘）"。元末年间，盐民起义领袖张士诚急需一位军师，他得知施耐庵足智多谋，就让火头军烧了一碗肉皮，礼请他并设宴款待。施耐庵甚是钟爱，便问张士诚菜名，张士诚答道："会南阳。"施耐庵明白了，原来张士诚以表求贤之心，把他比作诸葛亮。自此"会南阳"这道菜就流传开来，即盐城八大碗中的"烩土膘"。

大鸡抱小鸡
寓意：母慈子孝，舐犊情深。

相传东汉末年，战火不绝，盐城百姓生活艰苦。《后汉书·华佗传》记载神医华佗多次到盐城（当时为盐渎）一带，治病救人。一日，华佗为一小孩治病，他发现小孩很虚弱，于是，让孩儿母亲给他补充营养。孩子家贫，家中唯有一只母鸡和几个鸡蛋，孩儿母亲将母鸡宰杀与鸡蛋一起煮制，孩儿食后，立刻精气神大增，非常感谢华佗。孩儿母亲恳请华佗为菜起名。华佗看着依偎在老母亲怀中的小孩，触景生情，便起名为"大鸡抱小鸡"。从此这道菜便流传了下来。后人也用鸡丝代替整鸡，用鹌鹑蛋代替鸡蛋。

红烧糯米肉圆
寓意：顺利团圆，好运连连。

　　元末，朝政腐败，百姓生活艰苦。张士诚因贩卖私盐与官兵起冲突，遂联络十七名盐民起义，即"十八条扁担起义"。出征圆满成功。为了庆功，厨师便想给将士们做肉圆。可将士较多，猪肉不足，于是，厨师脑筋一动，就把煮熟的糯米加入猪肉中而制成肉圆。结果，色香可口，两全其美。将士们自从在庆功宴上吃了糯米肉圆，胜仗连连，吃糯米肉圆打胜仗的好兆头便流传开来。后糯米肉圆也流传至今。

红烧肉
寓意：事业兴盛，生意红火。

　　红烧肉来源于抗金故事。南宋抗金女英雄梁红玉，随夫韩世忠转战盐城期间，曾设军帐于盐城永宁寺。这个时期，大名鼎鼎的抗金名将岳飞曾四次到访商讨抗金大计。韩世忠、梁红玉夫妇听闻岳飞爱吃东坡肉，便向岳飞讨教东坡肉烧法用以犒劳士兵，随即用五花肉和面酱为主，做出美味红烧肉待客，岳飞吃后，赞不绝口。这样，红烧肉便伴随着抗金故事在盐城广为流传。

萝卜烧淡菜
寓意：风雨同舟，肝胆相照。

　　北宋年间，因海水倒灌，范仲淹奉命修筑海堤。范仲淹亲自深入施工现场，恰因工期长又遇上秋季涝灾，与民工同吃同住的范仲淹发现粮草紧缺。他想：哪里还有能吃的？他想到了海边。于是，他带着伙夫来到海滩，寻找食材。终于，有幸找到大量贻贝。捡回后便与萝卜同煮，味道鲜美。捡回很多，吃不完的煮熟晒干。因煮时无盐，取名"淡菜"。此后，萝卜烧淡菜便成为盐城的美食之一。

涨蛋糕
寓意：兄弟和睦，步步高升。

　　相传登瀛桥下一姓周的大户人家，一大家人住在一起。周家的子孙从小习四书，学礼仪。一年周老罢官，家道一下子衰落，连孩子们每日一人一鸡蛋也吃不起来了。这种情形下，长兄周礼就把自己的鸡蛋分给弟妹们。二弟心疼哥哥日渐消瘦，便请求厨娘将鸡蛋打碎做成涨蛋糕。如此操作，这样便个个都能吃到了。大家其乐融融。因此，兄弟感情也愈加深厚。后来兄弟们先后科举，连连高中。从此，涨蛋糕便广为流传。

芋头虾米羹
寓意：祈遇贵人，喜事连连。

  南宋丞相陆秀夫因自幼喜爱读书。他在乡试、县试、州试屡获第一，礼部会考登进士榜，乡人无不称奇。其中秘诀是什么？除了聪明好学，而民间相传与"芋头虾米羹"有关：陆秀夫每次赴考，他的母亲必用芋头、虾米烹制羹肴，让陆秀夫吃后赶考。母亲期盼儿子，出门遇贵人、遇好人、交好运，考试圆满顺利。于是，乡人们纷纷效仿，这一来，"芋头虾米羹"这道菜也就流传开来。

红烧刀子鱼
寓意：家庭和美，连年有余。

  史料记载，张士诚起义后迅速带领盐民们半夜攻上高邮城城墙，人人手持一把刀，那些大刀在月光下飞舞，吓得守城的官兵胆战心惊。他们仅用一个晚上，便打下了高邮城。

  神奇的是，天色大亮，元兵俘虏这才发现张士诚的部下手无寸铁，看上去就像闪闪发光的大刀，原来每人手里都是毛竹扁担，而且扁担上绑着一条大鲫鱼。张士诚打开兵器库，把真刀真枪发给了穷人。至此大家便把鲫鱼叫"刀子鱼"。后来张士诚也经常用红烧鲫鱼犒劳部下，于是红烧刀子鱼就流传至今。

日子再怎么变，一日三餐不会变。经受了时间的考验，王荫曾觉得八大碗就是盐城的城市名片。中国四大菜系，淮扬菜、鲁菜、川菜、粤菜均出自古代最为重要的产盐区。一方水土成一方菜，盐城有自己的风味特色。通过巧妙利用盐城地域食材所制出的质朴美食，既有咸鲜，又有淡雅，成为了调和盐城味觉的最佳载体。其隶属淮扬菜系，选料严谨，刀工精细，烹饪考究，因材施艺，四季有别，碗大份足彰显北方的豪爽，半汤半水透出南方的细腻。最大特点就是讲究原汁原味，所以又有人称之为"盐阜乡土菜"。

　　盐，既可调和百味，也可独领风韵，最平淡朴实却又不可或缺，它不但命名了一座城市，也决定了咸与淡的界限，让它们既自成一体，又交汇融合，并在时间的长河之中，慢慢地形成盐城的饮食文化与味觉精华。

　　盐城产盐，八大碗却不咸，这与用盐的讲究有关。盐在于调和，恰到好处，才见滋味。

　　盐城拥有悠久的海洋文化，贸易和运输发达，不同时期吸收了大量的外来人口。历史上，又经过三次大的人口迁徙，人的流动带来南北食材、口味、饮食风俗的相互渗透，形成现在盐城的饮食格局，制法独特、味道鲜美的盐城八大碗应运而生。八大碗从盐民开始，流传至盐阜大地的千家万户；从乡村兴起，逐渐遍布整座城市；从盐城出发，与淮扬菜一道走向全国。王荫曾觉得盐城八大碗有着平民性，充满了包容性。

　　和鲁菜的浓重、川菜的麻辣、粤菜讲究镬气不同，盐城八大碗重食材原味、营养价值，用王荫曾的话说，就是"半汤半菜、咸鲜适口、淡而不寡，讲究刀工和精致的烹调方法"。从食材到做法上都十分讲究。王荫曾教徒弟时，往往格外仔细认真，他会亲自选购淡菜放清水里泡发，把青萝卜切成扇形的薄片，待淡菜泡软后，热锅中倒入小榨豆油，放葱花姜末，投入淡菜炒一分钟左右，加青萝卜、盐、汤煮沸，再文火烧制，即可出锅。这就是盐城人烧淡菜的流程。萝卜淡菜既可当菜，又可充汤。

在盐城，吃八大碗很讲究仪式。一张八仙桌，摆放八碟八筷、八杯八盏、八碗大菜，更是符合中国人的饮食传统。八大碗既是盐城老百姓的家常菜，也是重要日子的宴席菜，它饱含着情感，也象征着团圆。

近2000年历史中，八大碗逐渐形成了相对固定的"烩土膘、红烧糯米圆和红烧刀子鱼"等地道的八道宴席菜品（"土膘席"），此为"下八珍"。在此基础上，又先后创制出"什锦烩鱼肚""清蒸鳜鱼"为代表的"鱼肚（膘）席"，即"中八碗"。以"清汤鱼翅、鸡粥海参"为代表的"鱼翅席"，成为"上八碗"。

王荫曾培养了不少学生，其中有卫正新。

近些年，卫正新走上了管理岗位，主抓"盐城八大碗"品牌。卫正新角色的转变，也是八大碗发展的转变——将盐城浓郁至淳的乡味、生活的情怀，放在一个更精致、更卫生的环境里,以成为盐城餐饮文化的名片,也是盐城人舌尖上的乡愁。

盐城面朝大海、河湖众多,良田广袤,物产丰富。这里的粮食、蔬菜、生猪、家禽、蛋类、油料、水产等16种农产品产量和规模一直位居江苏第一,并以仅占全国0.18%的土地、0.64%的耕地,生产出了占全国1.1%的粮食、1.7%的蔬菜、1%的肉类、2.92%的蛋类和1.93%的水产品,是长三角地区农业经济总量唯一超千亿元的农产品生产供应基地。这些产量和种类都颇为丰厚的食材,为"八大碗"注入了浓郁的盐城特色。

4

2014年,盐城八大碗餐饮管理有限公司注册成立,2017年,"盐城八大碗"成为全国首例地方特色系列菜肴"集体商标",成为全国首个有身份的地方菜。在韩国、新加坡、中国台湾、中国香港等国家和地区,开展专题旅游招商推介活动,将盐城八大碗品牌推向国际舞台。

"八大碗",不仅让盐城人找到祖祖辈辈留下来的味蕾记忆,更成为外地食客了解盐城餐饮文化的一扇窗口。

在"盐城八大碗"专家顾问团队里,有王益群,他也曾师从王荫曾。1988年,他考入扬州大学(当时名为"江苏商专")中国烹饪系学习。王益群知行合一,可烧菜,对八大碗也做了理论研究。王益群学"八大碗"时,曾受教于王荫曾,两人就此结缘,亦师亦友。

王益群主编了《亲民化的美食》,他学问深厚,对粗菜细做、菜品开发都很有研究,将八大碗的典故传说、蕴含的民俗风情,以及当下的创新发展,都呈现得淋漓尽致。

越是简单的菜,越是难做得出色。尤其八大碗,神似南方菜,半汤半水,形似北方菜，份大量足。如烩土膘，怎么烩得酥而不烂，软绵适口，考验着厨师对食物的理解。王益群说，三分之一是传统，三分之一是时尚，剩下的，是做菜人的个性，他们赋予了美食的灵魂。

王益群说，鸡丝与鹌鹑蛋的"两情相悦"成就了大鸡抱小鸡，芋头丁、肉丁和虾米的水乳交融，做成了一道芋头虾米羹。取带皮的五花肉在锅里氽熟，再加老抽酱油、少许白糖，一道酥而不烂、肥而不腻、入口绵香的红烧肉就成了。因张士诚起义的传说而带有传奇色彩的红烧刀子鱼，也为"八大碗"增添了不少历史的韵味。

越是家常物味，越需精益求精。但是这个品类要想做好不简单，事很多：菜品创新，运营管理，品牌宣传，都得跟上。

商业思想是品牌的表象，文化才是品牌底层逻辑。近年来，卫正新带着团队全国各地学习，对标知名餐饮品牌，他们做过一些战略调整，步调始终稳扎稳打。先走出盐城，开到苏锡常、南京。有朝一日，"八大碗"开遍全国。

王荫曾是50后，一生专注淮扬菜；王益群和单桂洲都是60后，王益群重在文化梳理，单桂洲的藕粉圆子，用传统美食连接个人品牌，"氽"和"滚"是其绝活，赋予了传统美味新的生命力；70后卫正新专心"盐城八大碗"的推广，发展"上八珍""中八珍""下八珍"，打造盐城餐饮的龙头品牌，诠释盐城饮食的文化内涵，展示"食在盐城"的城市名片，同时代的冯友植沿袭鱼汤面传统，又在汤与面上都做了革新；80后沈雷更有精力，他将非遗制作技艺与传统美食结合，突破大糕难保存的问题，并改良口味、升级包装。

数代人，数十年，做着不同的事，其实也是一件事：留住盐城味觉记忆，他们身上也都有一股子犟劲，爱琢磨，通过革新手艺与味觉记忆对话。

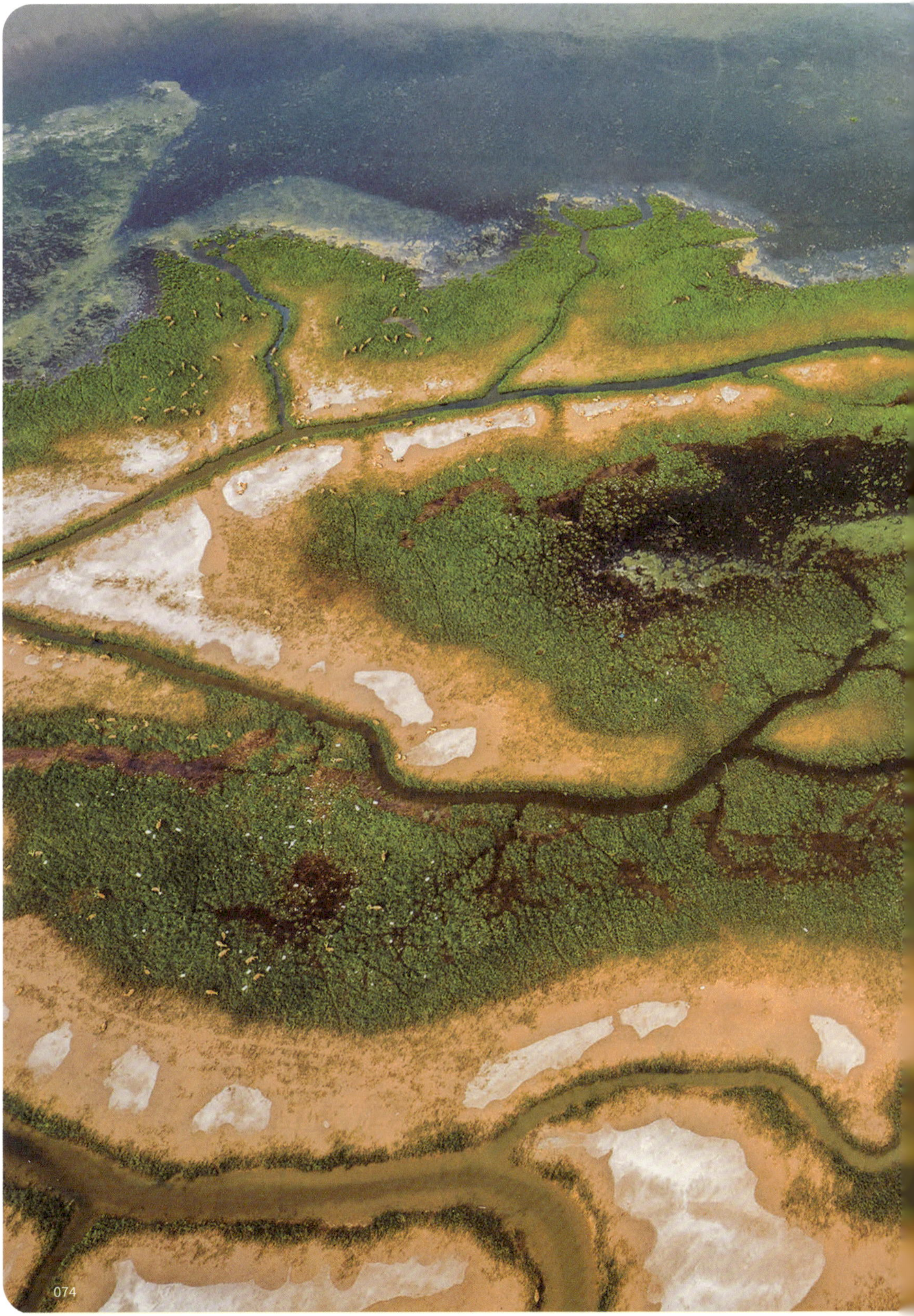

02

生态盐城，气质不凡

第二章
CHAPTER TWO

枝繁叶茂

一场"生态"外交的历险

2016年12月,盐城成立申遗工作领导小组,正式开启申遗工作。2017年2月,联合国教科文组织世界遗产中心将中国渤海-黄海海岸带(自然遗产)列入世界遗产预备清单。

世界遗产包括文化遗产、自然遗产、文化与自然遗产和文化景观四类。其中,世界自然遗产是人与自然和谐共生的国际公认典范,凡提名列入《世界遗产名录》的自然遗产项目,必须符合下列一项或几项标准方可获得批准:

构成代表地球演化史中重要阶段的突出例证;构成代表进行中的生态和生物的进化过程和陆地、水生、海岸、海洋生态系统和动植物社区发展的突出例证;独特、稀有或绝妙的自然现象、地貌或具有罕见自然美的地带;尚存的珍稀或濒危动植物种的栖息地。

按照《世界遗产公约操作指南》规程,遗产申报通常需要经历4个阶段:列入预备清单阶段、申请预审阶段、正式申报阶段、世界遗产大会审核表决阶段。

盐城的申遗,刚刚踏上万里长征第一步。

2017年3月,盐城专门聘请北京大学、复旦大学、北京林业大学等高校专家成立申遗技术支撑团队,经过国内专家团队综合科考以及国际专家现场评估,认定江苏盐城湿地珍禽国家级自然保护区射阳河口以南至东台条子泥区域具有突出的价值和独立的完整性,从此启动申报文本编制。

过去中国申报的自然遗产基本多以森林生态系统为主,滨海湿地申报对于中国来说也是首例,此外,由于盐城申遗牵涉候鸟迁徙区域的划定,申报材料的准备尤为复杂。

盐世界

火烈鸟

我欲飞翔

卷羽鹈鹕

彩鹮

世界遗产申报有三个核心要素：第一是OUV价值（申遗地突出普遍价值）；第二是自然遗产的边界认定，功能区的涵盖范围是否全面；第三则是申遗地保护管理的系统计划。

对于盐城滨海湿地边界及价值的认定，当时在国内学术界中意见并不统一。

在进行综合科考的时候，国内就有两派声音争执。有些专家认为，鸟类的飞行无法控制，行动边界就无法划分和确认。学术争议甚至持续到2018年的5月，当时联合国教科文组织世界遗产中心已经签收了中国黄（渤）海候鸟栖息地（第一期）正式申报文本。

2017年12月，黄（渤）海湿地可持续发展与世界自然遗产2017盐城国际研讨会议在盐城举行。会议规模约300人，其中联合国教科文组织世界遗产中心、世界自然保护联盟、世界鸟盟等国际组织和有关国家嘉宾50多人。

此次会议上，与会专家围绕黄（渤）海湿地突出普遍价值（OUV）展开充分研讨，就"黄渤海湿地是全球最大的潮间带湿地，拥有独特的辐射沙脊群""盐城市沿海滩涂是珍稀鸟类迁徙、繁衍必经之地"达成广泛的国际共识。

国内学术引发争议后，申报组开始借助高科技手段，比如给候鸟安装追踪器等，最终完成了保护区划分的关键工作。

2018年4月，国务院正式同意盐城黄海湿地项目作为2019年国家申报世界自然遗产项目，至此盐城黄海湿地与浙江良渚古城遗址一起列入2019年中国申报世界遗产项目。

中国黄（渤）海候鸟栖息地（第一期）申报范围包括江苏盐城湿地珍禽国家级自然保护区射阳河以南区域，江苏省大丰麋鹿国家级自然保护区全境以及东台条子泥和高泥区域。

看似尘埃落定，但谁也没有料到，对于盐城申遗，还有一道"国际难关"需要渡过。尽管盐城湿地具有诸多优势和独特性，但在世界遗产委员会审议阶段，世界自然保护联盟针对中国黄（渤）海候鸟栖息地（第一期）给予推迟列入的咨询建议。

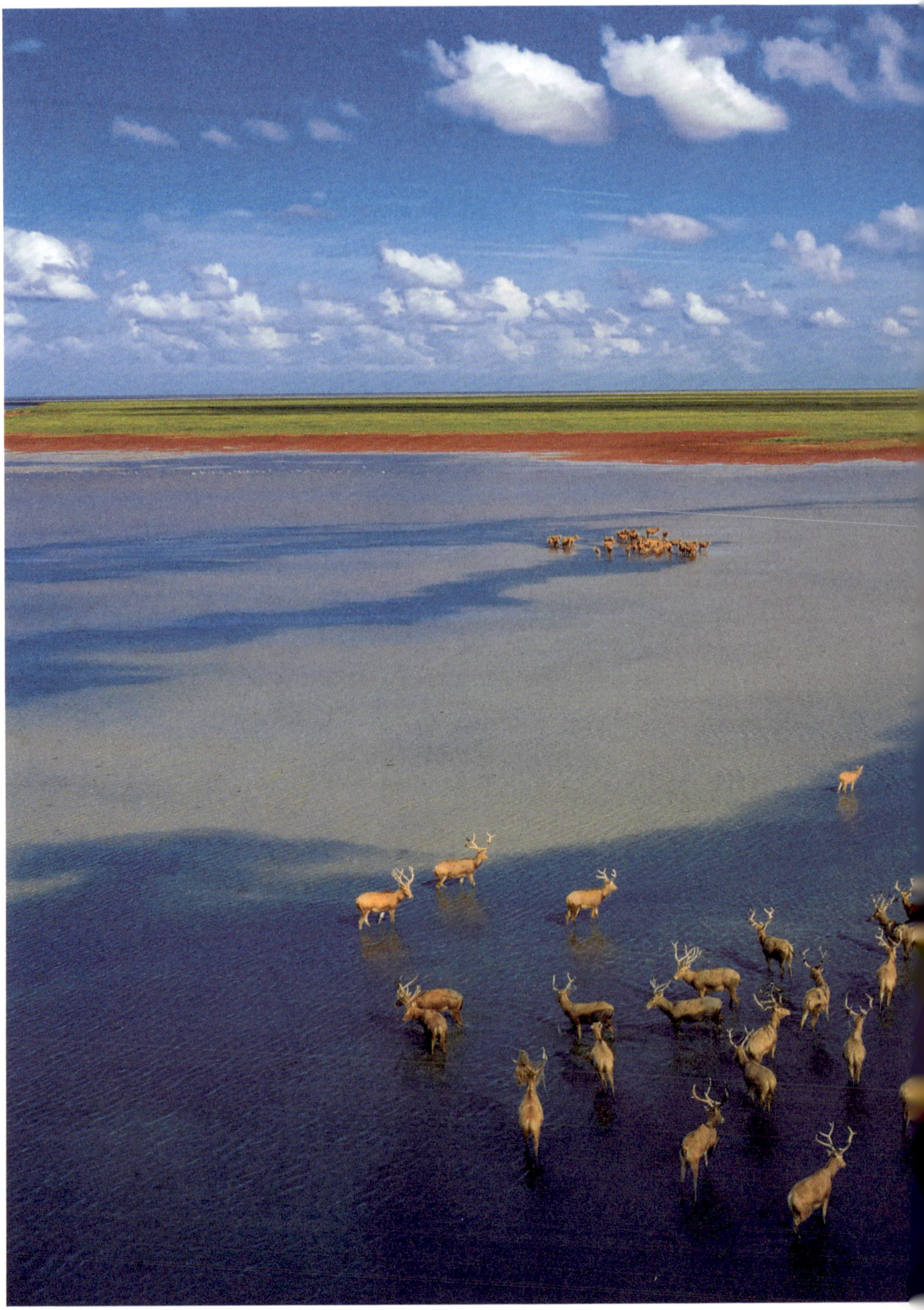

盐世界

湿地乐园

申遗评估结论分为四档：建议列入、补充材料、推迟列入、建议不列入。当时盐城得到的回复是第三档评估。

一般来说，第三档评估意见就意味着盐城至少在短期内无法成功申报了。经过多方了解和与国际社会的沟通，盐城发现得到这一评估结论并非是其"自身素质不过硬"的原因。

原来，中国"滨海湿地"属于世界自然遗产的系列申报，16个申报点涵盖三省两直辖市。尽管只有两个申报点位于盐城，但当地保护区面积占到总申报面积的46%，并且隶属盐城的两个申报点，在候鸟迁徙路径中拥有关键价值。

世界自然保护联盟希望中国的16个申报点同时申报，因此才给出第三档评估。不甘心就此放弃，盐城又提出了申诉意见。

2020年1月9日，英国皇家鸟类保护协会首席政策官、盐城黄海湿地研究院特聘顾问尼古拉·萨瑟兰荣获"江苏友谊奖"。该奖项用于表彰在江苏经济建设和社会发展事业中做出突出贡献的外国专家，是江苏为外国专家设立的最高奖励。

正是这位萨瑟兰女士为推动盐城黄海湿地成功申遗做出了杰出贡献。当她得知盐城获得第三档评估意见后，鉴于其对盐城申报工作的了解和肯定，立即采取行动。不利形势下，尼古拉·萨瑟兰号召发起联名倡议，有力声援了盐城申遗。

当时，她仅用一周时间就发动了国际候鸟和湿地保护领域的62个国际组织和专家，签署联名倡议并发送至21个世界遗产大会理事国代表团、联合国教科文组织世界遗产中心、世界自然保护联盟，明确表示支持中国盐城候鸟栖息地列入世界遗产名录。

联名信的强大说服力在大会理事国审议环节产生了重要影响力，盐城黄海湿地最终由推迟列入成功变更为建议列入，为成功申遗发挥重要效用。

在申遗大会上，萨瑟兰女士代表国际鸟盟，作为唯一的非政府组织代表在世界遗产委员会审议最后环节公开发言，呼吁国际关注盐城湿地，并高度肯定盐城湿地保护的成果。

此外，申报组还专程赴巴黎，与澳大利亚驻联合国教科文组织代表沟通。近年来澳大利亚多种鸟类数量下降较为明显，如果盐城滨海湿地得不到有力保护，候鸟迁徙的回路将被彻底破坏，澳大利亚的鸟类种群将陷入险境。吴其江告诉他，城市需要发展源动力，如果现在盐城湿地不保护，面临的可能就是如何开发的争论了。这次沟通，改变了澳大利亚原本的立场，直接支持盐城申遗项目。最终，由该代表提出的修正案得到世界遗产组织21个委员国中18个国家签字认可。

2019年6月30日，第43届世界遗产大会在阿塞拜疆巴库开幕。7月5日，联合国教科文组织世界遗产委员会正式审议通过将中国黄（渤）海候鸟栖息地（第一期）列入《世界遗产名录》，盐城黄海湿地成为中国第54处世界遗产、江苏乃至长三角地区首项世界自然遗产，成为中国第一块滨海湿地类型自然遗产、全球第二块潮间带湿地遗产。

从评估为推迟列入，到获得国际声援，再至修正案得到广泛认可，不过短短一个多月的时间。在国内官方申遗团队看来，盐城申遗成功是中国生态外交的一次胜利，是中国人与自然融合理念的胜利。

盐城市拥有太平洋西岸和亚洲大陆边缘面积最大、生态保护最好的77万公顷海岸型湿地，湿地占全市国土面积的45.2%。作为全国唯一拥有2处国际重要湿地、1处世界自然遗产的地级市，盐城市湿地保护地数量与等级在全国，乃至世界均属前列。

丰富独特的海洋、湿地、森林三大生态系统，自然生长的世界遗产，让盐城的生态文旅名片独具魅力。近年来，盐城践行"绿水青山就是金山银山"理念，坚持在保护中发展，在发展中保护。2022年，盐城荣获"国际湿地城市"称号，再添一张耀眼名片。在拥有世界自然遗产、国际湿地城市两张耀眼的国际名片之后,盐城充分发挥湿地资源优势,彰显世界自然遗产效应,扎实推进城市发展和湿地保护深度融合,全力推动湿地保护与世界自然遗产可持续发展,切实守护好黄海湿地这一方净土,努力为"美丽中国"版图增添一片绚丽的风景。

手握"世界自然遗产""国际湿地城市"这两块金字招牌,盐城持续加强国际生态合作,高水平举办全球滨海论坛会议等国际、国内活动,进一步扩大国际朋友圈,主动参与全球生态治理话语体系构建,为谱写全球湿地保护新篇章做出盐城贡献。

市湿地和世界自然遗产保护管理中心与剑桥大学、韩国庆北大学、世界自然基金会(WWF)、全国海洋碳汇联盟等国内外6个科研单位分别签署了科研合作协议或备忘录,研究方向涉及鸟类研究、生态修复、环境监测、国际合作等8个领域。盐城市联合世界遗产培训与研究中心(苏州)在全国率先开展世界自然遗产与文化遗产的对话与交流活动,促进盐城自然遗产和苏州文化遗产在科学研究、生态旅游、科普教育等方面达成合作共识。

"万物各得其和以生,各得其养以成。"在海与陆的交汇处,盐城人生生不息;在社会发展与生态保护的结合部,盐城人选择和谐共生,奋力塑造美丽中国的"盐城典范",积极携手构建人与自然生命共同体。

盐世界

如梦似幻

湿地和声

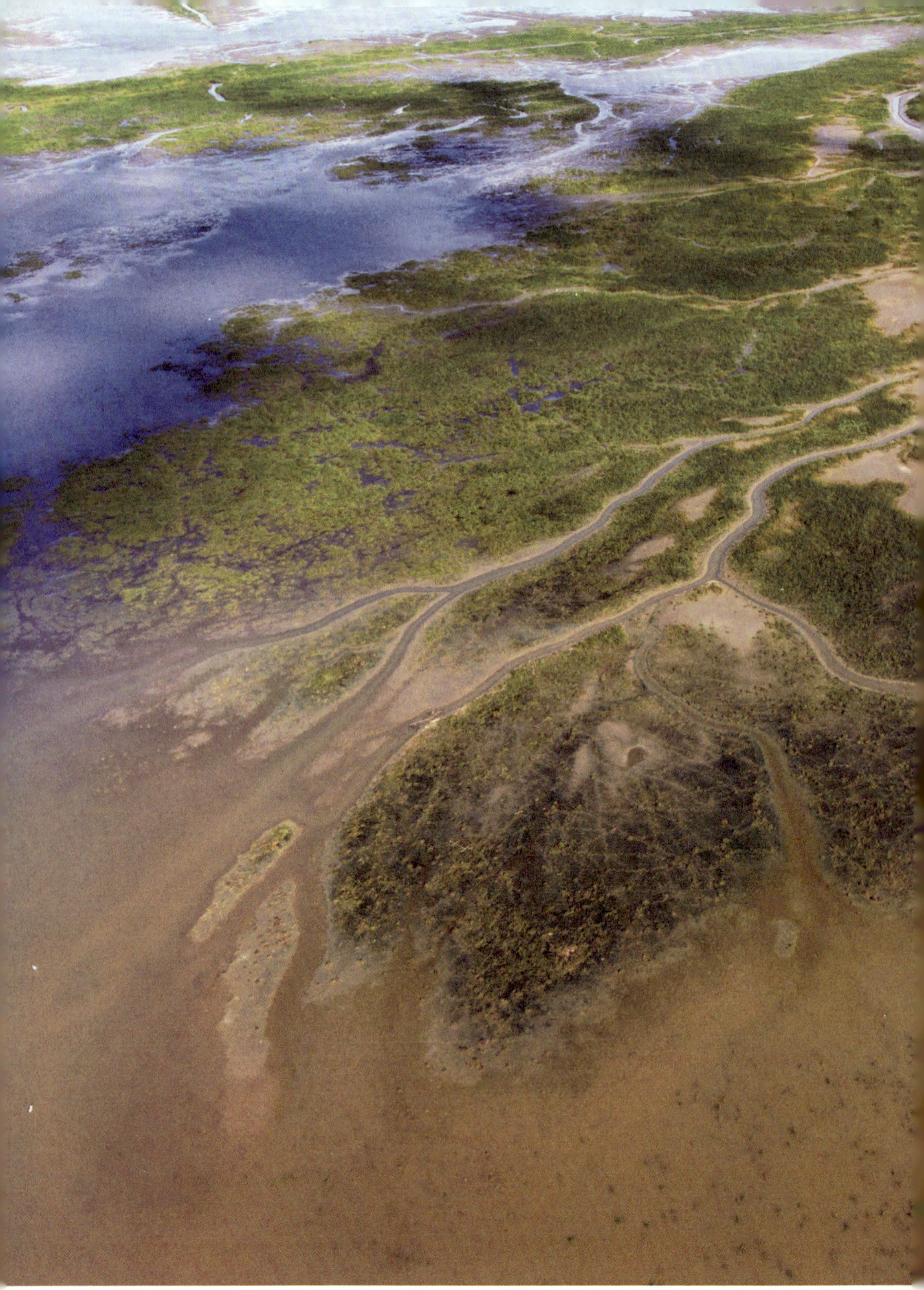

地球之肾

在盐都区，有一个碧波荡漾的湖泊，这就是大纵湖。

大纵湖为过水型湖泊，南部和西部的鲤鱼河、中引河和大溪河等为主要进水河道，东北部的蟒蛇河为主要出水河道。湖盆浅平，地势由东北向西南微倾，深水区位于湖的西南部。常年平均水深为1.2米到1.5米之间。湖底平整，土质坚硬，多为鸡骨土，很少淤泥。湖水清澈见底，可见鱼虾水草。天然饵料丰富，适宜各种水生动、植物的生长。

大纵湖的成因有沉湖说和潟湖说二种。沉湖说称大纵湖原为一座繁华的东晋城，因突然地陷而被水淹没。1929年大旱，湖底干涸，曾发现有许多锅灶、城墙砖、铺地砖、瓷瓦罐、坛子等，还见到一根断旗杆、一眼古井，以及城墙和街道的残迹。潟湖说者考证，大纵湖由潟湖演变而来，初次成陆后为滩涂，曾有人类活动，后因海水入浸沉没，海水东退后，此处因地势低洼，形成湖泊，距今已800多年。

鸿雁翱翔大纵湖

大纵湖晨色

　　大纵湖旅游度假区，位于盐都区大纵湖镇，距离盐城市区约42公里。湖面呈椭圆形，东西长9公里，南北宽6公里，总面积30平方千米，是里下河地区最大、最深的湖泊。

　　自古以来，大纵湖就是盐城的名胜，江浙水乡的那种诗意，在这里被描绘得淋漓尽致。芦苇迷宫景色宜人，深受游客喜爱。由芦苇建成的迷宫，像一个八卦阵，更是被上海基尼斯总部认证为世界上最大的水上"芦荡迷宫"。这个最神秘最秀丽的迷宫，每年都吸引了数十万游客来此探秘。

　　湖水清冽甘甜、水草丰茂、野鸟翔集、水产品极为丰富，尤以"大纵湖牌"清水大闸蟹闻名四海。大纵湖大闸蟹其蟹个体硕大，壳青肚白，一到金秋，雄者脂白如玉，雌者脂如黄金，肢体肥大，肉质细嫩，唇口留香，味美无比，成为美食家们追求的不可多得的鲜美佳肴。

　　在大纵湖镇三官村，小桥、流水、鲜花，这里应有尽有，而且远离城市的喧嚣。来到这里，仿若置身陶渊明笔下的"世外桃源"。

静影澄碧 东晋水城

走进东晋水城,仿佛回到远古时代。游览城内景点,如同置身北宋繁华街巷,中国古老的文化气息扑面而来。

南宋年间，黄河夺淮，东晋城淹没。大纵湖旅游度假区在古东晋城遗址之上复建成东晋水城。

建筑面积10万多平方米，包含"九岛、七河、三街、两广场、一码头、一渡口、二十四桥"，自空中俯瞰宛若北斗七星之造型，故将九岛以北斗七星这七颗现星和两个隐星命名。一条主河道石梁河贯穿九岛，二十四座古桥将九座岛屿婉曲相连。

东晋水城以粉墙黛瓦的仿南宋建筑为主体，融入了里下河风情和湖荡湿地美景，再现"建安大街""宋街""石梁街"等场景，打造"印象大纵湖"光影秀、"九九艳阳天"水秀、里下河风情水上巡游等一批项目。

东晋水城

脚下的路，心中的诗 最美旅游公路

盐城市六大主题"最美旅游公路"：盐都旅游公路2号线被评为"最美田园乡村路"、射阳旅游公路7号线十里杉林段被评为"最美林荫花间路"、东台旅游公路1号线被评为"最美海陆风情路"、亭湖旅游公路1号线被评为"最美生态湿地路"、阜宁旅游公路2号线中山路被评为"最美历史人文路"、响水西兰花大道被评为"最美兴业致富路"。

顺着亭湖旅游公路1号线自驾，沿路可以看到丹鹤小镇、生态林场、大地乡居、渔港小镇、特色驿站、湿地公园等地，全长18.6公里，将景观道路、彩色标识、健身步道和网点节点深度融合，精心打造了串点成线、接线成环的生态湿地最美旅游公路一号线。沿线河湖湿地风景怡人，让过往群众感受"路在堤上走、车在水上越、人在花中行"的"人、车、路与自然"的和谐共生，彰显了"生态休闲、悦游亭湖"的生态旅游特色。

一片让人心灵柔软的"海洋" 中华海棠园

花，是美丽的语言，能唤醒人类心灵的柔软与温暖。

中华海棠园位于盐南高新区，占地2500亩，景区整体布局呈"五瓣莲芯、一环绕湖"的半月形形态，由五个海棠花瓣形岛屿和1200亩的水面组成，集中栽种了120多个品种、近15万株海棠树，是全国规模最大、品种最全、景观最美、观赏期最长、文化内涵最丰富的海棠主题景区，中华海棠园有四个海棠之最：全国最大的丰盛海棠、当娜海棠、春雪海棠、喜洋洋海棠。公园内乔木占80%，海棠则占中层乔木50%—60%，搭配种植200多种耐盐碱植物，呈现出"棠红柳绿、层林尽染、四季斑斓"的独特景观风貌。在景观之外，中华海棠园紧扣海棠主题，以"文旅"融合的方式创造性地打造了国内乃至全球首家海棠主题的一站式旅游休闲地。

盐世界

中华海棠园"龙桥"

中华海棠园

麋鹿有一场春天的约会

"我当然希望麋鹿越多越好。"35年了,徐安宏最宝贵的时光都献给了江苏大丰麋鹿国家级自然保护区。他亲眼见证了麋鹿由最初的39头增加到2024年的8216头,有人工驯养,也有野生放养,它们在这里出生、奔跑、跳跃、老去、病死,与人类一样繁衍生息在这片土地上。

学校毕业后，徐安宏被分配到保护区当兽医。保护区刚成立，条件简陋，周围满是荒凉的沼泽、滩涂。读过《封神演义》，徐安宏知道麋鹿是传说里的神兽"四不像"。麋鹿最早在中国出现，距今10000到3000年前，麋鹿种群规模最为昌盛，数量一度达到上亿头，比当时的人还多。1986年，选址大丰建保护区，同年，从英国7家动物园引入39头麋鹿。大丰土地平旷，沼泽密布，是麋鹿天然的栖息地。

对麋鹿，熟悉又陌生，徐安宏犯了愁。他对麋鹿的习性特点一无所知，典籍却语焉不详。他耐心地观察，麋鹿喜欢游泳，在河里像个孩子一样欢腾。于是，他的目光落在另一种野生动物牙獐身上。牙獐属于哺乳纲偶蹄鹿科动物，与麋鹿相近。通过牙獐，徐安宏投放多种食物并观察麋鹿的消耗量，也慢慢摸索出了麋鹿的口味，原来它们喜爱吃小麦麸、大麦、玉米、豆饼等食物。

"麋鹿与人一样，关系好的会和谐共处，互相帮助，关系不好的，会出现水火不容、势不两立的敌对关系，尤其是在鹿王争霸期间，受伤是家常便饭了。"

麋鹿性情温和、机敏，即使两鹿争霸，斗智斗勇，但对峙的时间通常不超过10分钟。

麋鹿群涉水奔跑

鹿王争霸

刘彬加入保护区晚，但也对麋鹿有了一定的认知。回想第一次营救麋鹿，他依然胆战心惊。当时32头麋鹿被困在水塘里，水塘三面被围挡，麋鹿爬不上来，情形危机。保护区联系了施工单位，在水塘中临时搭建脚手架，才让鹿通过架子一点点往岸上爬。

万物相形以生，众生互惠而成。保护麋鹿，也是在保护人类自己。麋鹿是典型的湿地物种，在保护生物学中，人们将其视为自然保护的旗舰物种——有麋鹿，有众生灵。

"麋鹿通人性，只有用心对待，它们才会卸下提防，与人亲近。"徐安宏用了心思，他和同事从美国购买了电子项圈，每根价值1000美元，通过卫星定位观察麋鹿的活动轨迹，分析它们喜欢的生活区域。

野生放养的麋鹿不允许人为干预，其活动区域遍布大丰港。由于不断繁殖，栖息地扩散，麋鹿面临的危险也多样，监测和救护麋鹿的工作也变得复杂且艰巨。

2009年，刘彬负责麋鹿巡护工作，每年都要参加近百起野生麋鹿救援活动。麋鹿或是不慎掉进水塘，或是被丝网缠住难以脱身。

"这么多年，我都是24小时待命。刚闭上眼接到电话也得立马起来。"麋鹿救援考验的是行动力和工作效率，刘彬经历过无数次惊心动魄的急救行动。隆冬时节，一群麋鹿被困在水塘里，水深达2米，已经淹没了脊背。他们火速赶来，登船摇橹到了麋鹿身旁，夜幕沉沉，四野无光，被困住的麋鹿情绪暴躁，十分不安，救援队快速给麋鹿注射了麻醉针，先把麋鹿头拎出水面，再拖到船上，费了九牛二虎之力。就这样，把麋鹿一只只运上岸。

麋鹿冻得瑟瑟发抖，刘彬看着心疼，当即脱下羽绒服，包裹麋鹿的身体。待麋鹿恢复了力气，跑了出去，不远处，又突然驻足，回眸，再奔跑，回首。直到完全消失不见。刘彬的眼眶湿润了。

"很多时候，我觉得它们回头是在表示感谢。"

盐世界

碧波畅游

野外放养麋鹿是一种冒险，徐安宏和刘彬各有担忧。

徐安宏说，野生麋鹿的迁徙与许多因素有关，比如食物、水源。近十年来，麋鹿数量突飞猛进，呈现爆发式增长，对整个生态系统也是考验。尤其麋鹿频繁的活动，可能会增加与其他生物摩擦的风险。

不过，他也惊喜地发现，麋鹿与其他物种之间的和谐共处、相互促进。互花米草为外来物种，一度破坏了海岸边的生态环境，由于麋鹿活动，在一定程度上抑制住了互花米草的生长，海滩再次露出了光亮的脊背，而这为鸟类的栖息又提供了地盘。

刘彬还发现了一种鸟，雀形，品种珍稀。春天，麋鹿脱掉了厚重的毛，身上斑秃似的，一块一块的，鸟儿便把掉下来的毛衔起来，做窝筑巢，或垫在窝里面。它们与麋鹿有着微妙的联系，一起构成了别样的小世界。

野溪雄姿

"健康的水域、健康的陆地和健康的人类,共同构成了麋鹿生存的环境。"人类与麋鹿冲突终是难免,刘彬提过一些建议:建立生态补偿机制,对麋鹿破坏农田造成的经济损失,由政府承担部分费用;新建港、区、道路,必须留有一定的空间保障麋鹿的自由活动。

在保护区,麋鹿是最耀眼的居民。"人与麋鹿一直在尝试寻找和平共处之道。总归有一条路,能逐渐适应彼此。"刘彬有自己的思考,深信麋鹿彻底野外放生的日子不会遥远。到了那时,麋鹿能够在野外和人类一样生老病死。

"我们越来越意识到,不能只是建立一个保护区,再将其用栅栏包围起来,"徐安宏说,"我们需要做的,是让它们回到自然中去。"现在野生麋鹿数量已有3356头,数量若能达到10万头,便是物种最佳的生态水平。到那时,湖北省石首麋鹿自然保护区的野生麋鹿由西向东跑,江苏大丰麋鹿国家级自然保护区的野生麋鹿由东向西跑,最终将在长江生态走廊来一场春天的约会。

盐世界

绿野仙踪

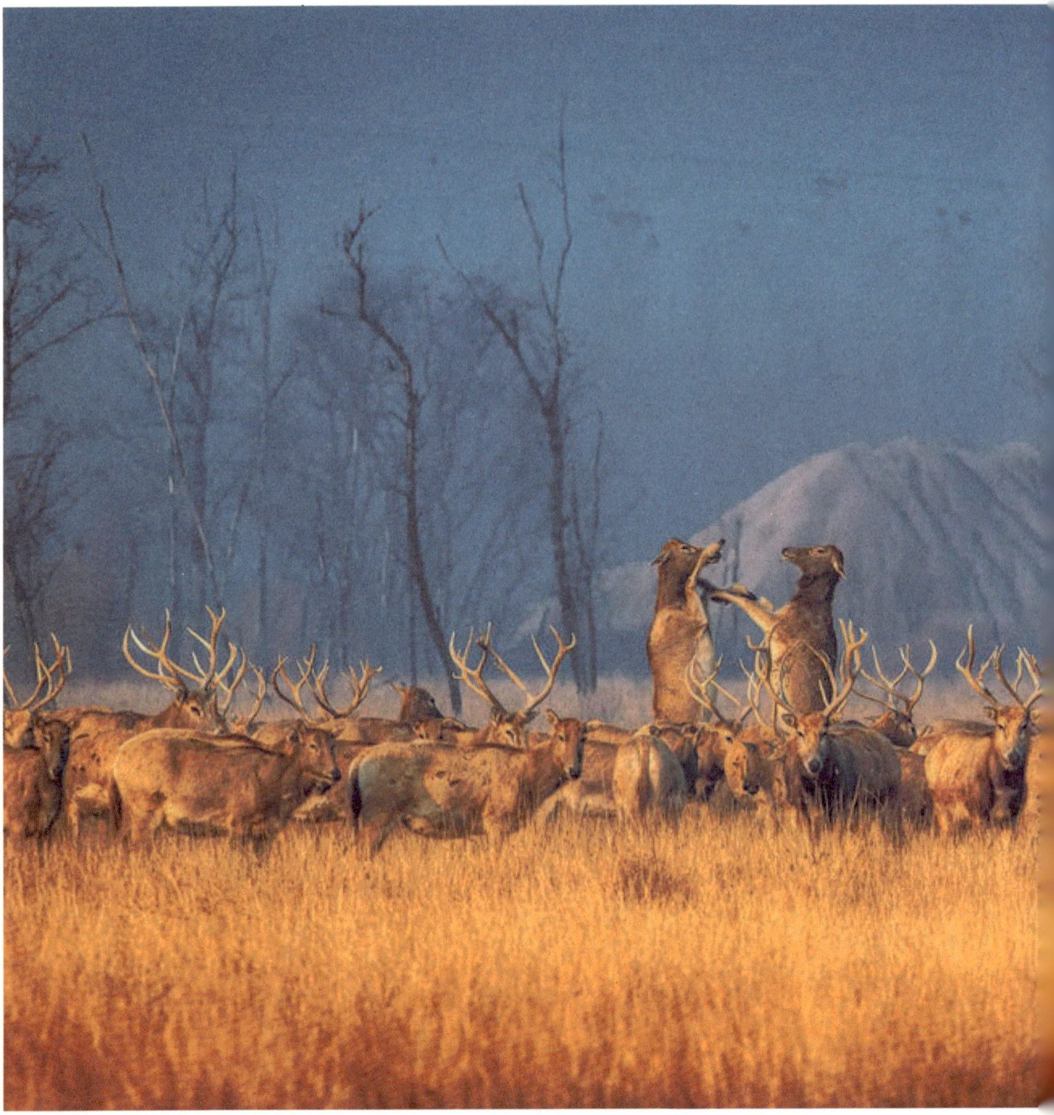

盐世界

晨阳习舞

王者孤独

湿地麋鹿

来自鹿王的权力与游戏
江苏大丰麋鹿国家级自然保护区 中华麋鹿园

　　江苏大丰麋鹿国家级自然保护区，是世界占地面积最大的麋鹿自然保护区，拥有世界最大的野生麋鹿种群，建立了世界上最大的麋鹿基因库。2002年被联合国列入国际重要湿地名录，并作为永久性保护地。保护区是迄今为止世界上第一个最大的重返大自然野生麋鹿自然保护区。这里生存着的1800多种野生动植物共同构成了一个原始古朴、五彩斑斓的湿地景观。其中，保护区内的中华麋鹿园景区为国家5A级旅游景区。中华麋鹿园由林地、芦荡、草滩、沼泽地、盐裸地组成，是典型的海洋滩涂型湿地，这里孕育了鸟类、兽类、两栖爬行动物、鱼类、昆虫等多种生物。

麋鹿园里最壮观和最热血的场面，莫过于鹿王争霸。麋鹿的鹿王，是按照强者为王的规则，通过多轮决斗淘汰进行筛选的。每年5月下旬，雄麋鹿的茸角完全骨质化后，会相互自由选择一个与自己体力相当者为对手，自由组合决斗。最后一轮角斗的获胜者就是鹿王。鹿王是唯一拥有交配权的公鹿，成为鹿王，意味着它登上了人生巅峰。但同时，鹿王也背负起将优秀基因繁衍下去的使命。

狭路相逢勇者胜

怎么在麋鹿群中找到鹿王呢？方法很简单，鹿王有两个标志：第一，鹿王是一群母鹿里唯一的那头公鹿；第二，麋鹿以黑为美，鹿王会用它的长角挑起淤泥和水草覆盖全身，你在一群麋鹿里一眼就能看到，那头浑身漆黑的就是鹿王啦！

在中华麋鹿园不仅可以观赏到麋鹿群奔腾的壮观场面，还能看到丹顶鹤、天鹅、大雁、白尾海雕、大白鹭等30多种国家一、二级保护动物。

野鹿荡毗邻大丰麋鹿国家级自然保护区，是世界暗夜星空保护地、江苏省沿海野生植物种子库基地、野鹿荡自然博物馆。IUCN（世界自然保护联盟）新近发布消息称，在最新版本的《世界暗夜保护地名录》中，新收录中国4家、英国1家、美国3家暗夜星空保护地为新成员，其中就有盐城黄海湿地大丰野鹿荡。野鹿荡有着生态之美，这里常有成群的麋鹿觅食、栖息，灰鹤、白鹭和其他各种鸟类也在此翱翔、玩耍。野鹿荡还有着自然之美，夜幕降临，浩瀚无垠的星空令人震撼。据了解，该区域平均全年可观察星空达238天，区域内的国家自动气象观察台是观赏星空的绝佳地，夏夜银河、冬季猎户星座清晰可见。

湿地珍禽

盐世界

与日同晖

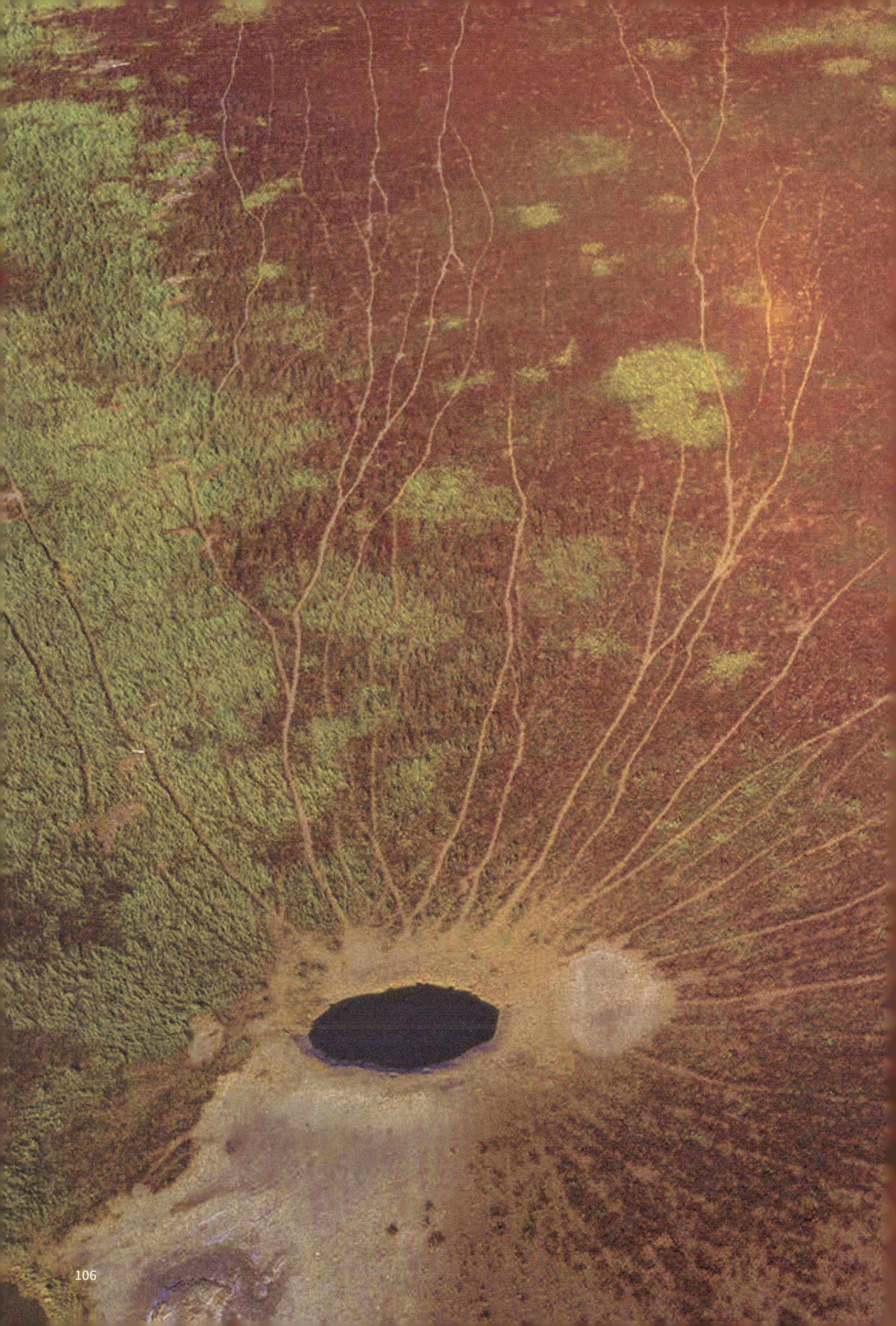

湿地之眼

追逐鸟儿的人

1

"鸟儿为什么会飞到盐城?"

盐城位于黄海之滨,海岸线长582千米,湿地资源十分丰富,是天然的野生动物资源库,也是国际重要的鸟类大通道,有丹顶鹤、中华秋沙鸭、白尾海雕等多种国家一级重点保护野生动物。在盐城茫茫湿地滩涂上,栖息着众多珍禽,有

盐世界

红鹳队列

的鸟儿万里迁徙，身体和精神都经受着极大考验，它们会在盐城补给粮食，养精蓄锐，然后再出发；有的鸟儿御风飞行，到了盐城，被滩涂充足的食物和清洁的水源吸引住了，便不再飞了①。

"我的作品里，鸟儿永远是主角。"在孙华金看来，鸟儿身上背负着的秘密，远比人类发明的任何装置要复杂难解。

① 现代意义的观鸟活动，最早在18世纪中期兴起于英国。后来，观鸟活动走出欧洲，传到美国、澳大利亚，最后到达亚洲。中国的观鸟活动开展得比较晚，大陆在1996年才开始举办群众性观鸟活动。

  2000年，孙华金开始关注盐城湿地，是城市最早的一批生态系统记录者。有一年，因为偶然到江苏盐城国家级珍禽自然保护区参观，晨光中，丹顶鹤翩翩起舞，美得惊心动魄。他萌生了拍摄珍禽的冲动。

  野外拍摄条件艰苦，如同侦察兵，他潜伏在湿地滩涂，或在其中跋涉，黎明时分，静候鸟儿觅食；日落时分，目送鸟儿归巢。时间长了，他跟滩涂边的村民们建了微信群。他有些骄傲地说，他拍摄的东方角鸮、沙丘鹤、铜蓝鹟等多种珍禽照片，为鸟类专家开展濒危物种繁殖种群监测提供了很多帮助。

  长期观鸟，他练就了一双"火眼金睛"，能从天空中、湿地上成千上万只鸟儿中分辨出种类，叫出名称。

  是鸟儿的壮美和珍贵，给了李东明冒险的勇气。早年间，他开影楼，爱上拍鸟儿后，他从大丰、东台，一路追逐勺嘴鹬的足迹。这一带的生态和聚集成群的鸟儿让人眼前一亮，他停了下来。为了挺进拍鸟区，李东明经常划着自制的小竹筏，向海里行进1个多小时。海上气候多变，风急浪大，湿地淤泥下陷也都未可知。李东明给自己上了3份保险。

生态摄影师孙华金

火烈鸟

　　粉色白色毛羽相间的火烈鸟、身姿挺拔的白鹭、灵巧机警的小青脚鹬……李东明拍摄和记录的鸟儿有200多种。孙华金拍摄题材广泛，麋鹿、丹顶鹤等野生动物都在他的镜头里，他也擅长捕捉一些有意境的小景致，如孤鸟走路、鸟妈妈带着雏鸟避雨。

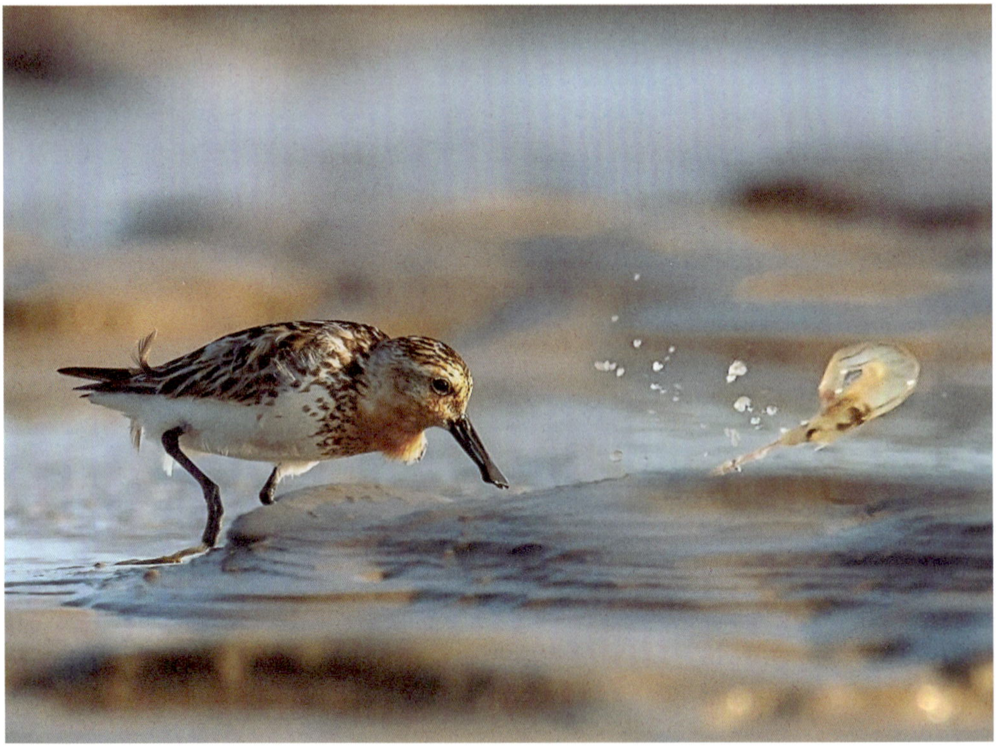

盐世界

勺嘴鹬

2

　　凌晨4点，孙华金起了床，他看看天空，遇到有星星的晴天，兴奋驱赶了睡意。他拿了器材，"长枪短炮"，一长（600毫米焦距）一短（70—200毫米焦距）两个镜头，长的拍特写，短的抓拍意境画面。驱车近1个小时，在日出前抵达拍摄点。

　　有一种观点认为，在某一地区，如果一种鸟儿的数量超过该鸟类总数的1%，便可认为该地对这种鸟儿的迁徙生态十分重要。而每年，全球超过一半的勺嘴鹬会来到盐城觅食、换羽，停留长达3个月。东方白鹳、小青脚鹬、黄嘴白鹭、鸿雁、黑嘴鸥等被列入世界自然保护联盟濒危物种红色名录的鸟类，同样都会在此生存停歇。

　　极危鸟类勺嘴鹬全球数量仅600多只，珍稀罕见。为一睹勺嘴鹬真容，孙华金先后赴东台41趟，到海边90多趟，行程长达1000多公里。

　　"观鸟、拍鸟，是为了保护鸟。"随着泥沙不断淤积，滩涂每年向海里延伸，属于淤涨型海岸。通过无人机，孙华金发现东台潮汐森林地貌，伞状，像人的经脉一样散布着，这是鸟儿生存和发展的空间。只是，围垦也随之而来。滩涂围垦，带来鸟类生存空间的萎缩。孙华金有意识地开展鸟类救治和保护工作，他经常跟随护鸟专业人员到珍禽保护区、湿地滩涂，甚至深入到森林、芦苇荡，搜寻察看有没有鸟儿受伤。

　　观鸟，孙华金说自己能坚持一辈子，李东明也如此说过，他能观鸟一辈子。

　　十几年前，为了让渔网为鸟儿让路，李东明没少和渔民争执。随着生态保护意识的增强，很多村民也开始辨鸟、护鸟，渔民放丝网的事没有了，拾鸟蛋的事杜绝了，李东明反而经常接到村民打来救助鸟儿的电话。

　　从拍鸟爱好者，李东明也慢慢变成鸟儿的保护者。哪对鸟儿在谈恋爱、吵架，李东明都可以观察得出来。"鸟类其实和人很像，喜欢良好的生态，择地而居，择偶生活。"

　　李东明像是侠者，已是花甲之龄，痴迷于此，乐在其中。

勺嘴鹬

2008年，民间保护组织"勺嘴鹬在中国"成立，李东明成为其中的一员。志愿者都是高学历，他是例外，年纪最大、不懂外语，却最熟本地鸟况。

"说实话，我并不知道鸟儿为什么会飞。但我知道，每年来了多少鸟儿，是什么鸟儿，什么时候来，怎么换羽，啥时候走。"李东明说，志愿者们长年观测记录，为研究珍稀鸟类迁徙积累了基础数据，也为盐城黄海滩涂湿地申遗成功发挥了重要作用。2019年，中国黄（渤）海候鸟栖息地（第一期）申遗成功，李东明又成为条子泥湿地的一名鸟类调查志愿者。

须浮鸥迎战

盐世界

黑嘴鸥

东方白鹳

3

　　鸟儿飞来飞去，其实无时无刻不在促进生态系统的能量转换，加速物质循环。有一回，张亚楠发现鸟儿不仅吃虫子，也吃水稻。在湿地周围，村民们逐渐开始种植水稻，秋季收割，有些稻子撒落在地面，成了候鸟的食物。"鸟类能够维持生态系统的平衡、稳定，让自然界有序地协同进化。这是自然界赋予鸟类，以及其他野生动物的意义。"

　　张亚楠毕业于中科院南京土壤研究所，本来她有很多的选择，进实验室、进高校，但她选择了迷人的滩涂。她喜欢行走在田间地头、深入到湿地滩涂中监测各种鸟类的数量、种类、栖息地点等。鸟儿围绕着她打转，有时落在她肩头、头顶，跳跃，又飞走，她享受这种亲密无间的感觉。

　　随着鸟儿的啼鸣，城市的天亮了。在珍禽保护区一条普通的水沟旁，树木参天，树梢上乌黑点点。"那叫鸬鹚，这两年突然多了起来。瞧它们，正要出门觅食呢。"张亚楠看着鸬鹚，在空中展翅盘旋，又远去。

　　"人类观鸟出于探索自然世界的渴望，因而获得精神上的新生。"贾亦飞博士研究的是湿地生态学，水鸟是他的最爱。

　　在条子泥湿地，有一所"隐藏"的研究站，全称是北京林业大学东亚—澳大利西亚候鸟迁徙研究中心，隶属于北京林业大学生态自然保护学院。研究站常驻有六七人，与聘请来的志愿者、北林大的学生一起，做研究，保护鸟儿，再做一些管理工作。2023年，贾亦飞带领团队在东台条子泥监测到小青脚鹬1560只，比2019年检测到的1150只多了410只[①]。

①盐城拥有582千米的海岸线以及太平洋西岸和亚洲大陆边缘面积最大、生态保护最好的77万公顷海岸型湿地。得天独厚的生态优势，是濒危物种最多、受威胁程度最高的东亚—澳大利西亚候鸟迁徙路线的中心节点，也是勺嘴鹬漫漫迁徙途中重要的加油站。

　　是盐城吸引了鸟儿，也是鸟儿选择了盐城。盐城将大片资源丰富的土地，让位于生态，采用看似放任的方法，减少人为活动干预，实则保护了鸟儿自由生长。贾亦飞指着远处，那是国内第一块"720"固定高潮位候鸟栖息地，在滩涂觅食的鸟儿展翅腾起。一堤之隔，成千上万只鸟儿飞越海堤，落脚到观潮区大堤内侧的水域，踱步、嬉戏、觅食。"不仅火烈鸟增多，还有很多鸟类的数量也在稳定增加，说明湿地修复和管理是有效的。"2020年同一时间监测到5.8万只鸟，2021年上升为6.5万只，这些都成为条子泥在全球生物多样性保护的有力注脚。

4

杨洪燕生性自由。从北京到盐城，从兴趣到专业，她选择长期驻扎条子泥，成为一名科研人员。

2022年1月，条子泥被生态环境部评为"中国最美海湾"，为江苏省唯一入选并得此殊荣的景区。作为东亚—澳大利西亚候鸟迁飞路线上的关键补给区，条子泥凭借独特的地理位置和良好的湿地生态，每年都有数百万候鸟来此停歇、换羽、越冬，是名副其实的"候鸟天堂"。

条子泥潮涨潮落，高潮线和低潮线之间露出的部分是勺嘴鹬主要的觅食地。

杨洪燕叫勺嘴鹬是"小勺子"。退潮后，小勺子便在滩涂上觅食，底栖动物是它们的潜在食物。然而很多的底栖动物肉眼很难观察，必须借助采样装备来收集。这条带状的滩涂上，杨洪燕和同事布设了200个底栖生物取样站。

为了收集底栖生物标本，杨洪燕背着双肩包慢慢向取样站靠近，距离5米时用手中的"鱼竿"将方形取样器吊起，距离2米左右时迅速放下，一个大小固定的样方被隔离出来。紧接着，她抄起抄网将样方表面四五厘米的泥土捞起，筛洗、装袋、封存、标记。这一切结束后，最终标本出现在实验室的桌上，里面肉眼可以忽略的小点，便是勺嘴鹬最爱的食物。

这一研究，已经进行了2年。

鸟儿的迁徙，就像是四季的变迁，如同节气一般，遵循规律。鸟儿是有记忆的，它们记得盐城这个鸟类王国，每年都会来这里栖息、繁衍。"去年它们飞到了一个池塘，今年还会飞到这个池塘。"张亚楠说。

《鸟类的天赋》中说，许多种鸟类在社交方面非常活跃，它们成群繁殖，一起洗濯、休息和觅食，它们会偷听、吵架，甚至绑架、离婚，也会表现出强烈的正义感，建立社交网络、争权夺位。

鸟儿聪明，善于隐匿自己，懂得伪装，适应环境能力很强。杨洪燕说，以鸻鹬类来说，它们具有不同形状、不同大小的喙，以取食不同类型、大小和深度的食物，这是物竞天择，是生物多样性的体现，是造物主设计出了完美的生物链。

"鸟儿为什么会飞？因为它们与地球母亲共同呼吸。"

盐世界

黑脸琵鹭

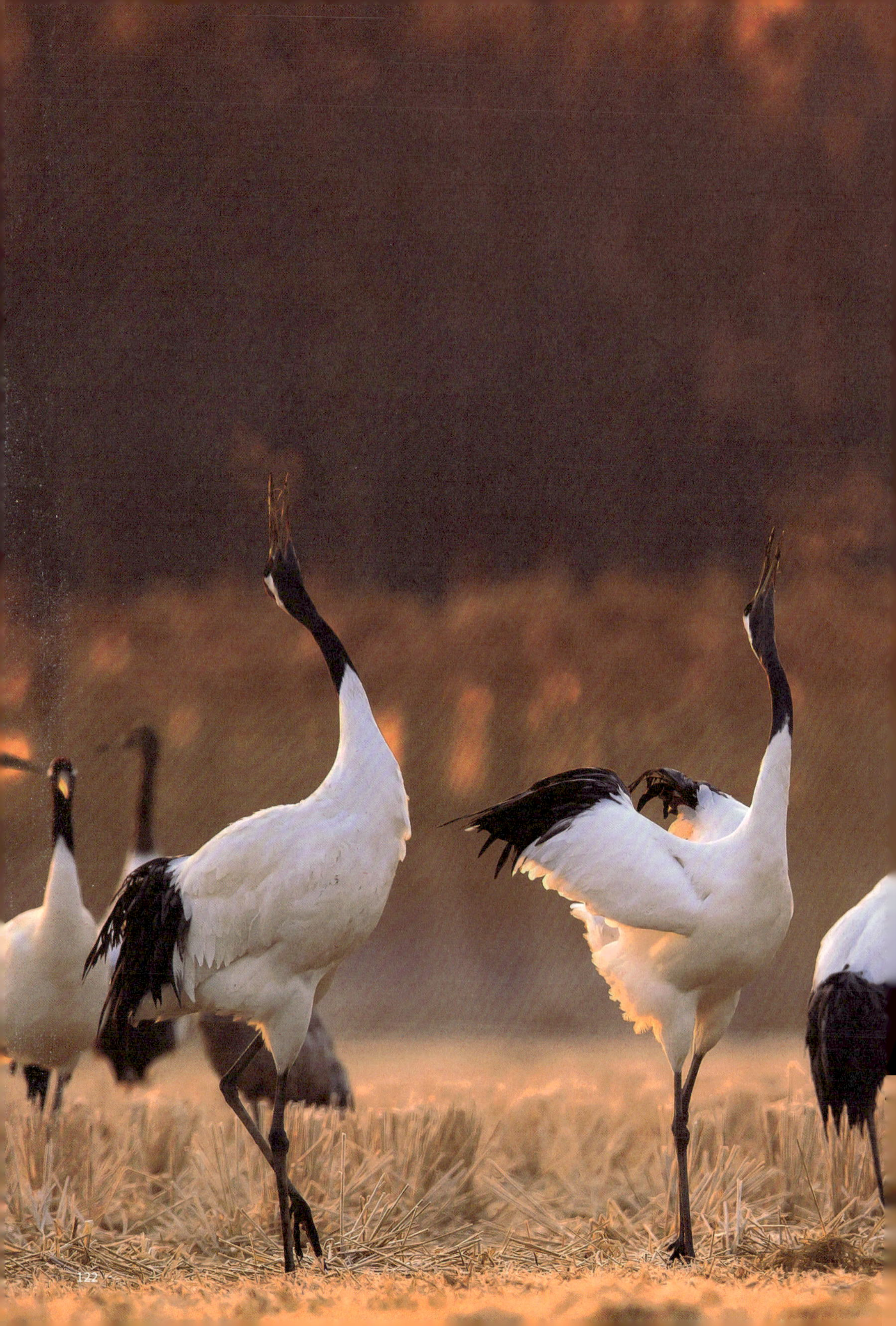

与鹤共舞

看一个地方环境好不好,可以数一数鸟儿的翅膀。

每一年,从11月到次年的3月,都会有600多只丹顶鹤飞到盐城湿地。这里丰足的食物、安全隐蔽的栖息环境成了丹顶鹤越冬的终点站。丹顶鹤体态修长,羽毛洁白如雪,或漫步在沙地上,或蜷缩一支腿,阖眼闭目,优雅极了。

1

初冬的黎明水一样清凉，旭日薄光，江苏盐城国家级珍禽自然保护区鸥鸣鹤舞，已经沸腾了起来。陈卫华拎着早饭，打开了鹤舍的大门。

1992年，20岁的陈卫华来到江苏盐城国家级珍禽自然保护区工作，跟着吕士成学习人工驯养繁殖及育雏技术。当时环境很简陋，保护区周围尚未拉网，经常闹狗獾。陈卫华夜里出去巡视，除了冷清还觉得孤单。

吕士成告诉他，要做好丹顶鹤繁殖养护工作，必须深爱丹顶鹤。"当你有一天，看到自己驯养的丹顶鹤优美起舞，感应到人与动物之间爱的相连，那么你就成功了。"

的确，鹤如人，唯有花时间精力陪伴、用心相处才会有感情。驯飞的时候，小鹤有些迷茫不知所措，鹤叫，陈卫华积极回应，也发出噗噗的声音回应；鹤舞，他也跟着手舞足蹈。有丹顶鹤的陪伴，陈卫华的生活像是照进了一束光。

陈卫华有个"鹤儿子"。

2013年，陈卫华挑选了保护区最凶猛的鹤来喂养。这只鹤身强体壮，经常攻击饲养员。陪伴是建立情感最好的方式，陈卫华喂它玉米、鱼、虾等食物时，动作格外轻柔。丹顶鹤是有情感的生物，它感知到了陈卫华的友善。逐渐地，这只鹤开始亲近陈卫华起来，甚至还会因为有其他鹤出现在他身边而生气、吃醋。陈卫华伸出厚实的手掌时，鹤温顺地伏低了头，抵靠在他的掌心里。

有时，陈卫华远远地呼唤一声，鹤便飞过来。在开阔地，他迎风奔跑，鹤随着他手臂的挥动，翩翩起舞。

有段时间，陈卫华离开了驯养岗位，从事湿地保护巡护。每当目光停留在芦苇深处、盐蒿滩面、茫茫滩涂上，他都不自觉地搜寻鹤的身影和踪迹，他想念"鹤儿子"，有时偷偷地去看看，但远远的，他不想打扰它平静的生活。

"丹顶鹤哪里是一种简单的鸟儿啊？"陈卫华说。

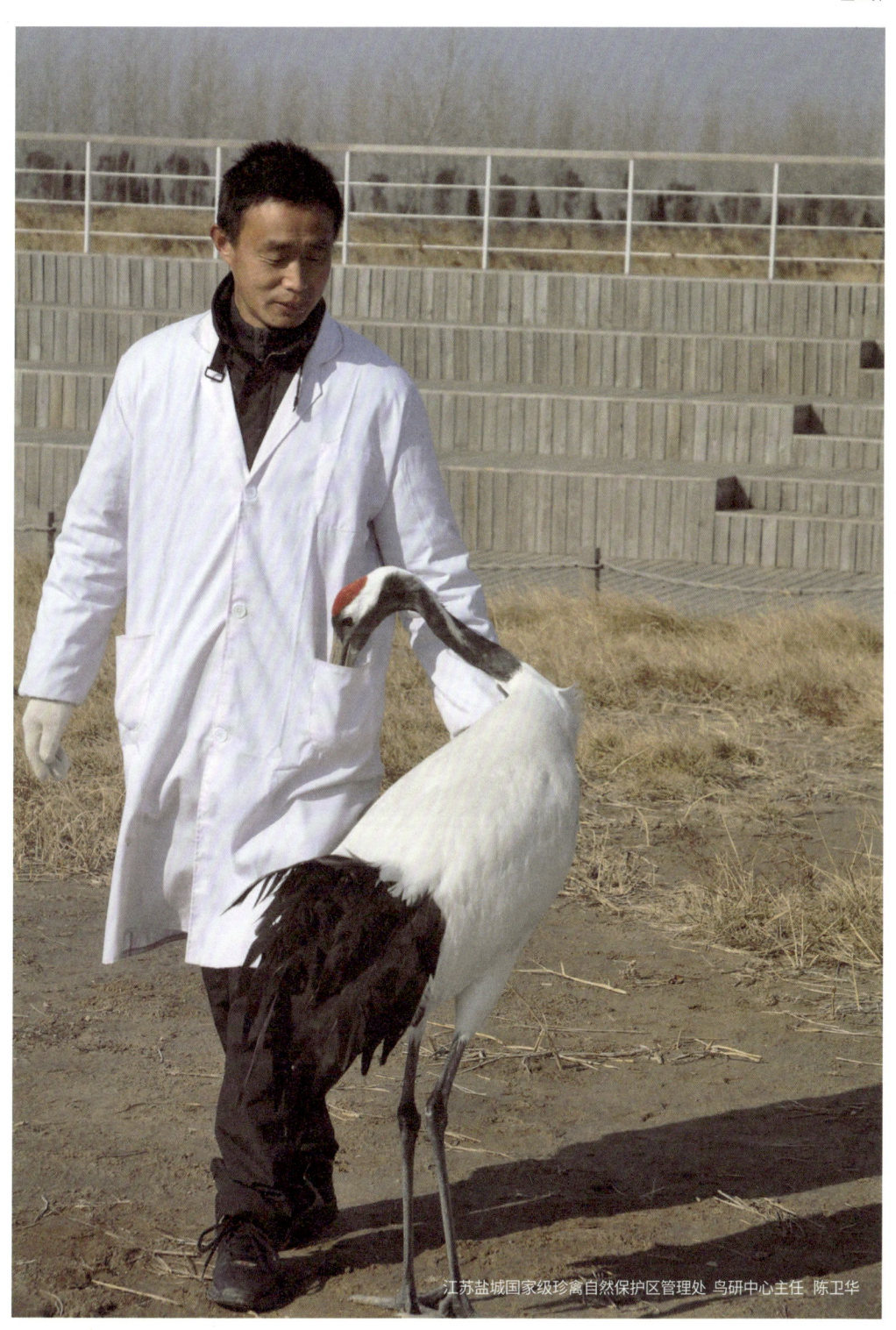

盐世界

江苏盐城国家级珍禽自然保护区管理处 鸟研中心主任 陈卫华

鹤鸣九皋

呼唤

雪中舞蹈

领地之争

2

许多人知道盐城是从丹顶鹤开始的。1987年，来自黑龙江的驯鹤姑娘徐秀娟在江苏盐城国家级珍禽自然保护区工作时溺水身亡，用生命写下"一个真实的故事"。

过去，由于保护区内的丹顶鹤数量不多，吕士成还充当过鹤的"红娘"，帮它们牵线。

鹤的求偶行为大致分为鸣叫和舞蹈。如果雄鹤的鸣叫得到雌鹤的响应，雄鹤就会亮动翅膀，踩着旋律跳起来，算是迈出了求婚的关键一步。丹顶鹤会发出专有的、好像"男女声二重唱"一般的对鸣。两鹤中一个先仰起脖子，嘴尖朝上，发出洪亮的叫声，另一只会附和，仰天而鸣。既像是互诉衷肠，也像是比试歌喉。令吕士成动容的是，如果有一只雌鹤因病死亡，留下了雄鹤，孤零零的，此时闻其鸣声，会有凄凉之感。

在人工孵化丹顶鹤方面，吕士成研究总结了许多方法，甚至担任小鹤的"妈妈"。他在孵化室调控温度，两小时一翻蛋、四小时一晾蛋，一分钟也不能离开，常常会汗流浃背，肌肉酸痛。

当小鹤出壳一周后，浑身还是光秃秃的，先在育雏室内活动，在声音的刺激下，它们会跟在吕士成身后行走，若一时不见"妈妈"，小鹤就会惊恐地鸣叫，不停奔跑寻找。"就像自己的孩子一样，特别担心它们会受伤。"吕士成说，小鹤也会发生相互打斗现象，他都会用手将它们分开，一手轻轻将其按倒在地，一手温柔地抚摸其头顶和脊背，温柔"训斥"。并且让它们对视，适应并接纳对方。许是小鹤通人性，许是健忘，小鹤很快消除误会。

一只丹顶鹤的出生成长都极为不易。孵卵32天、育雏4个月，每个步骤都需要精心料理。吕士成的耐心和细致，陈卫华耳濡目染，也学着照顾小鹤。夏季小鹤酷暑难忍，烦躁得张口呼吸，鸣叫频次加快，不停地走动，陈卫华就打来大盆凉水，让它们在里面洗澡，有时还用喷壶直接向它们喷洒凉水。

2018年，丹顶鹤的育雏成功率达到100%，育成16只，突破历史最高记录。在丹顶鹤繁殖养护上，陈卫华做了30年，学鹤叫、陪鹤住、带鹤散步、给小鹤找对象，俨然一位全职"鹤爸"。

养了半辈子鹤的吕士成，最大的理想是希望野生丹顶鹤种群数量再多一些，达到生态平衡，再不需要养鹤人。

吕士成现已退休居家，时常还会整理一些关于丹顶鹤的资料。陈卫华说，像吕士成师父一样，他也做到了爱鹤如子。有时候，他躺在草丛上，仰望天空，看到丹顶鹤飞过，他觉着特别亲切，像是自己孵育出来的。

雾中启航

如果罗密欧与朱丽叶相遇在花海

一颗平凡无奇的郁金香种子，漂洋过海来到了盐城，从此改变了这里。一段传奇的戏剧故事，将爱情的种子吹进了绚烂的花海。花与戏剧，艺术与生活，色彩斑斓地滋养了人们的心灵。

初次来荷兰花海的人一定会有一种如梦似幻的感觉，不太愿意相信繁华的大都市外，竟然真的藏着一片世外桃源。初夏时节，清风徐来，园内的一草一木，仿佛都经过了造物者的精雕细琢，让人一刻也移不开眼睛。

风车下、木屋旁，还有看不到边际的万亩花海……仿佛都充满着强大的吸引力，处处都是能待上一整天的好地方。

尼克到盐城之前，他在中国已经游历了许多城市。出生于荷兰郁金香世家的他，17岁从农业技术学校毕业后，就到了父母的公司。后来，他与中国做起了郁金香的贸易，看到中国广阔的市场，便来寻找合适的种植园。

要让一朵郁金香尽情绽放，阳光、土壤、水分和良好的环境缺一不可。第一次踏上这块土地，尼克突然眼眶潮湿，故乡的印象呼之欲出——绚烂的阳光、金色的麦田、迷人的湿地滩涂、矗立的风车、清新的空气。

"如果在这里大规模种植郁金香，那会是一种什么感受？"如此想法，尼克感到兴奋。

王潮歌也到了大丰。当她踏上这座城市，鲜花盛放、鸟语芬芳，焦躁和疲惫一扫而空。从鲜花到鸟儿，从土地到天空，这里的一切都让她感到身心舒畅。在花的世界里，她陶醉了。

在她眼中，花海竞相绽放，你方唱罢我登台；花儿开得认真，一丝不苟地填满这个地方，演绎着与众不同的绚丽。

王潮歌身上有女性导演特有的细腻和柔软，她被花的美而感动，不禁遐想：如果罗密欧与朱丽叶相遇在此，会有怎样的故事？她想到过去创作的题材，既有年少时的青涩懵懂，青春时的酣畅淋漓，年长时的隐忍克制，暮年时的夕阳向晚。爱能穿越时空、生死轮回、贯穿所有，何不更大胆一点，"只有·爱"的主题冒了出来。

　　2013年，尼克欣然答应了荷兰花海的邀请，负责郁金香培育的技术指导。10年来，在尼可带领下，荷兰花海已形成郁金香300多个品种、3000万株的规模，成为中国郁金香第一花海。

　　尼可不是首位与大丰结缘的荷兰人。100多年前，新丰大地（大丰过去的称呼）是大片的盐碱地，农作物的收成很低，原住民们以捕捞和煮盐为生。民国初年，实业家张謇筹建大丰盐垦公司，实施兴垦植棉。1919年，张謇从荷兰，这个世界上围海造田和改良盐土经验最丰富、技术最先进的国家聘请了年轻的水利专家特莱克规划农田水利工程，建立了区、匡、排、条四级排灌水系，改良了盐碱地。特莱克设计的排水系统，张謇动员了50万人，花费20年时间方才完工，这一水利工程至今仍在发挥作用。

　　来大丰之前，王潮歌已有苦恼，不知道如何突破自己。她的作品《印象·丽江》《又见敦煌》，震撼了众多的人。这次《只有·爱》，是又一次出发。

　　整个花海宛如一幅油画，漫步其中，花香与泥土的芬芳扑面而来，令人心醉。创作之初，王潮歌设置了问题：爱到底是什么呢？在六大剧场，如月、如心、如花、如歌、如故、如意各具特色，每天有数十场戏剧同时上演，将人世间不可或缺的爱情和花海巧妙地融为一体。与传统戏剧不同，浸入式演出打破了演出的"第四堵墙"，在彼此独立的空间流转，置身于故事的情节当中，让人有身临其境之感。

　　"这是盐城的颜色，是爱的颜色。人们用爱感受自然，与城市厮守在一起。"从民国至今，跨越百年，从生理到心理，从灵魂到文学，王潮歌想引发人们关于爱的深度思考，以期人们见识了悲欢后，回到现实世界，能看到海阔天空的世界；或者在感受到浪漫之余，也能体会到生命细微的快乐和美好。

花，往往是艺术家对爱与欲望的隐秘表达。对王潮歌而言，花也是艺术与爱的连接。她希望宏大的《只有·爱》放置在荷兰花海中，能碰撞出更多的灵感。

郁金香被称为"世界之花"，是时尚和国际化的象征。科技的升级以及全球化的运作，荷兰和盐城的距离被无限缩短，时间和空间都被改写，要得到一株荷兰的郁金香，已不是难事。以花为媒，培育适应当地气候土壤的种球，是尼克的目标。

花是连接，这是花的物语。王潮歌用花连接生命与爱情，尼可用花连接国家与国家。在花田里行走，戴着草帽的尼克俨然是个农民，除了在田地里观察，他还要去培育中心培育新的种球。一方水土养一方人，这个道理对郁金香也适用，尼可很谨慎，也有信念："郁金香种球适应大丰土壤环境是一个长期驯化的过程，我有这个耐心。"

盐世界

荷兰花海

如果邂逅是一场漫不经心的浪漫 荷兰花海

荷兰花海是国家4A级旅游景区，种植郁金香大约3000多亩、300多个品种、3000多万株的规模，是国内种植郁金香面积最大、种类最多、形态最美、业态最全的郁金香第一花海。

荷兰花海突出郁金香和异域风情两大特色定位，重点发展花卉园艺、婚庆摄影、健康养老等度假旅游产业，精心培植"地上长花、水中生花、树上开花"的"四季"花海，建成长三角地区最大的婚庆礼堂、华东地区最大的婚旅拍摄基地、江苏最大的花园中心。

2020年，王潮歌的新作《只有·爱》落地美丽花海，因花生爱，置身浪漫花海，自然满眼都是"爱意柔情"，这座被称为"中国第一郁金香花海"的童话小镇也因为荷兰花海成为浪漫之城——中国最大的爱情圣地，如今这里已成为网红必打卡的景点。荷兰花海尽是花，戏剧幻城只有爱，人们期待着和喜欢的人，去一次荷兰花海，看一场花海中的戏剧。

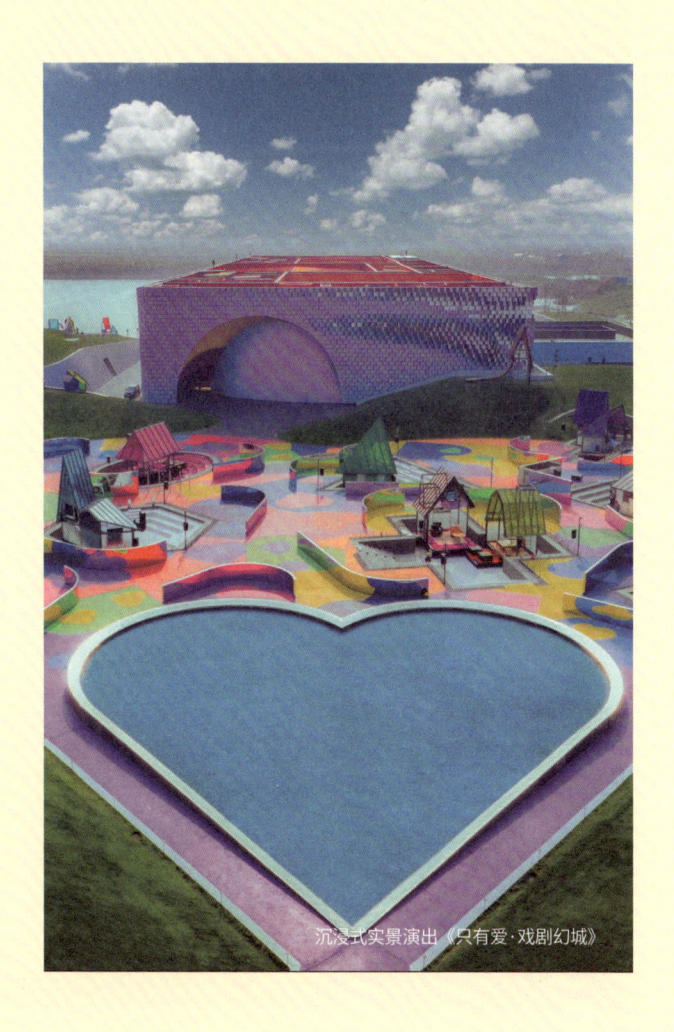

荷兰花海

沉浸式实景演出《只有爱·戏剧幻城》

秋天的童话

适合做梦和发呆的地方

从荒滩到森林

位于盐城东台市的黄海森林生态旅游度假区由海林片区和海滨片区组成，是华东地区规模最大的人造生态林园，总面积3000公顷，有林面积2500公顷。全境地势平坦，四季分明，森林覆盖率80%以上，是一块生态净土和观光旅游休闲胜地。这里的负氧离子每立方厘米4000个以上，"到东台深呼吸"成为游客的高频词。

很难想象，这里曾是"飞盐撒沙漫连天"的盐碱滩。

黄海森林公园依托江苏省东台市林场而建。半个多世纪，几代黄海林工筚路蓝缕，矢志不渝，在盐碱荒滩建成华东地区面积最大的人工平原森林。他们数十年如一日，持之以恒植树造林，秉承不惧险阻、吃苦耐劳的艰苦奋斗作风，拓荒改碱、植树造林，用智慧和汗水创造了盐碱荒滩变身林海绿洲的奇迹，铸就了"艰苦奋斗、科学求真、守正创新、绿色发展"的"黄海林工"精神。

"那些年喝水是苦味的，出去一天，嘴唇是发白干裂的。"老林场人丁学农是1988年来到东台林场的。回想艰难困苦的岁月，林场创造了荒原变林海的人间奇迹，丁学农说那段日子有苦有甜。

第一代林场人，是打基础的一代，也是最苦最累的。1965年8月31日，东台县委（现为东台市）决定在沿海滩涂几万亩荒地上建立一座林场。两个月后，东台县林场（现为东台市）成立，由18人组成的"先遣队"开赴林场。"白茅走尘沙，盐霜刺眼花；草棚漏星月，蚊子苍蝇大……"当年的顺口溜就是"勇士们"生产生活环境的真实写照。

海水常年浸灌，土地高度盐碱化，树能长活？困难并没有吓倒这群年轻人。一边治盐碱,一边造林。开沟引水,降盐爽碱;挖塘栽树,培苗管护。工地升旗早出工,夜幕落下戴月归。经反复试验,耐碱的刺槐被作为主要树种。后来林场不断从浙江引进刚竹、淡竹、泡桐、漆树等树种试种,结果均不理想,直到林场人把目光投向水杉。

漫步在黄海森林水杉大道上,高大笔直的水杉,静静地伫立在水中,不蔓不枝。谁能想到,这里曾是一片人迹罕至的盐碱荒滩。丁学农说,当年不敢想,也想不到东台林场会是今天的样子——绵延繁茂的万亩森林。

这种艰苦创业的精神,伴随着一棵棵树苗扎根在黄海森林,迎着风雨壮成长。作为第二代林场人,丁学农频繁地穿梭树林间,奋战在林业工作一线。第一代林场人的精神,他们继承了下来。

丁学农说,水杉是生命力极强的树木。它天性肃穆端庄,形象秀丽,身板犹如仪仗队员一样挺拔。夏天看时着一身碧绿,秋冬时节,它又魔术似的换上了一身火红,远眺气势甚是惊艳。

林场人都说,水杉是林场精神的代表。

"以一颗孩童的好奇心去观察,你会发现树也是有血有肉的。"黄海森林林业资源科技术员任吉星已经坚守了33年。生态环境的改善,栽种树木的成活率也都提升到了95%以上。

"水杉树上,最常见的是红蜘蛛、蓟马和螨类病害,夏天叶片会发白,秋天就落光了。"有多少棵水杉、每根水杉有什么不同、水杉生病有什么变化,任吉星都门清。当水杉茁壮成长时,他默默守护;当它们生病时,他心急如焚。对树木的形态、色彩,任吉星有着天然的敏感,看到水杉的树皮上有一些异样,他就会警觉起来。

水杉,是黄海林场三代人的精神符号。第一代林场人的艰苦创业,第二代林场人的顽强奋斗,如今第三代林场人的励精图治。他们心中坚信为这片土地付出的一切都是值得的,无论过去的经历再艰苦、岁月再寂寞,都变得无比平凡，他们义无反顾地接力上一代林场人的事业，去做自己应该做的事。

除了水杉，良好的森林和植被环境保证了生物多样性，黄海森林公园还拥有各类植物628种、鸟类342种和兽类近30种，负氧离子平均达到每立方厘米4000个以上，形成了人与自然和谐共生的优良生态系统。

层林尽染

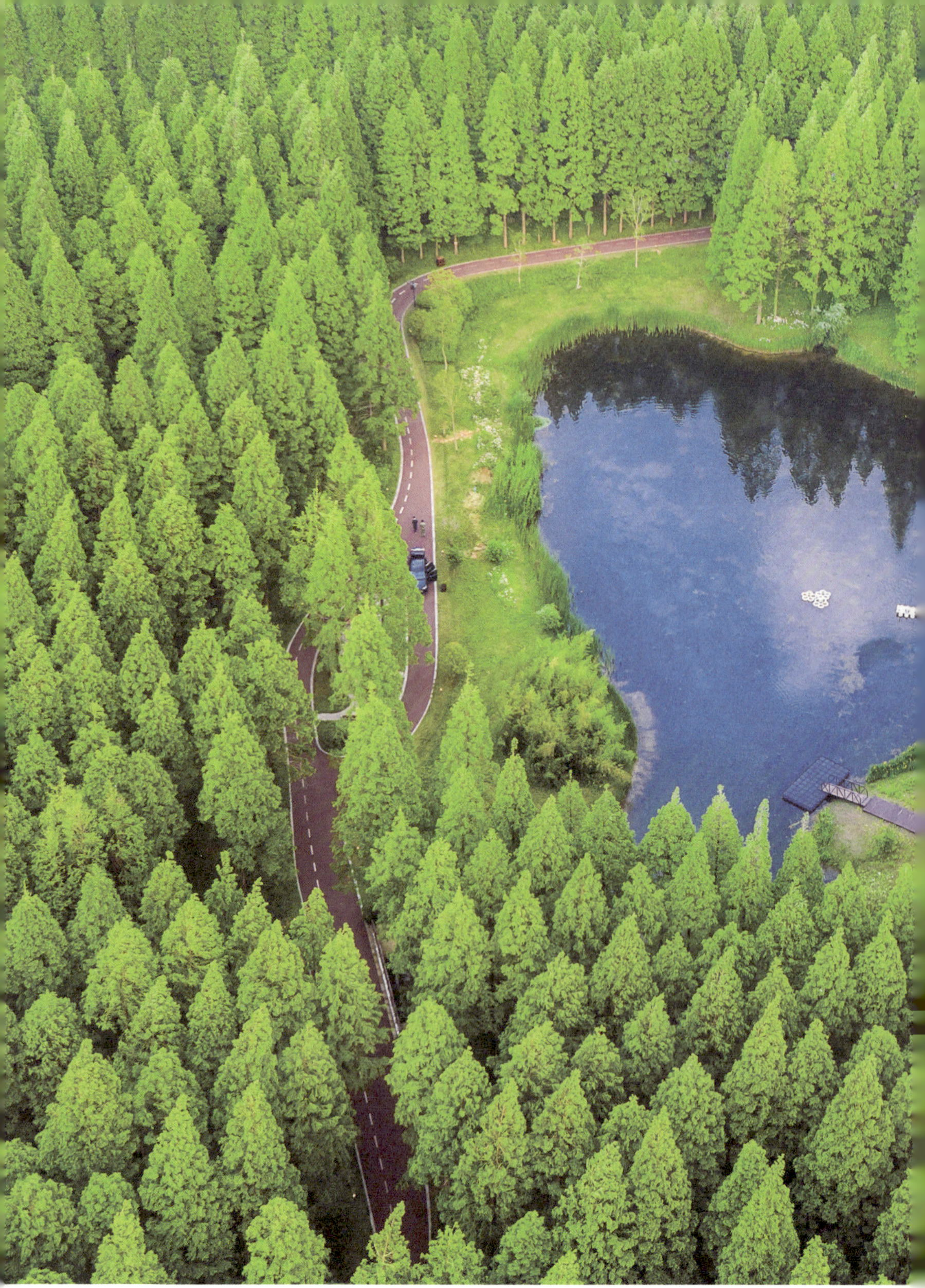

黄海森林生态旅游度假区

森林木屋

与天空的亲密之吻
空中栈道

　　空中栈道离地面最高处为4米，游客既可以在上面体验惊险刺激的空中行走感觉，又可以近距离接触树木，从高处欣赏森林美景，感受在林间穿梭的意趣，形成人在画中游的意境。此外，还可以俯瞰整个湿地长廊的无限风光。

木屋群落

　　木屋群落位于黄海森林公园空气负氧离子含量最高的区域之一，在这里只有安静和自然，住在丛林深处人们可以尽情地"森呼吸"，抛开工作的烦恼和外界的喧嚣，体验自然最生态的住宿方式，住在这里尽情享受"低5度的夏天"。

　　木屋建设采用复合型结构，选用进口红雪松、云杉、樟子松等木材，这些木材能释放一种特殊气味，可以有效预防一些呼吸道疾病的发生。这里的树屋与周边分期建成的小木屋有机融合，形成环境优美、风格独特、充满情调的休闲木屋群落。

竹岛

位于海林大道南侧的竹岛是人工打造的一处既有着自然风情，又凝聚人类智慧的景观。它是人工再造景观与原始生态景观的有机结合。竹岛上有个潭叫老龙潭，据说，以前这里特别荒芜，一场龙卷风刮出了一个潭，后来经常有龙卷风经过这里，潭越来越大，当地老百姓就称之为老龙潭。后来没有龙卷风了，老龙潭里积满淤泥，景区将其修整了一下，将挖出的泥堆积成岛，岛上遍种细竹，配以花草点缀，建造休闲廊亭，供游客游憩逗留。

森林驿站

这里有童话，也有儿时的梦想　安徒生童话乐园

　　国家级4A景区，位于射阳县幸福大道89号，项目用地面积近1000亩，建筑面积约30万平方米，打造出集北欧童话、东方神话、千鹤文化于一体的文旅综合体。景区包含三大主题区域：北欧童话娱乐互动区——童话主题乐园、东方神话休闲体验区——千鹤湖，配套服务区——千鹤湖大酒店、"趣伏里"特色主题商业街区。其中娱乐互动区域童话主题乐园占地约200亩，依托安徒生童话的经典故事，开辟了卖火柴的小女孩、拇指姑娘、皇帝的新装、丑小鸭四个主题区域，融合七大主题场馆、八项动力设备、六十一处主题景观设施、地标建筑梦幻童话城堡。

盐世界

安徒生童话乐园

秋天最适合驻足的地方 苏菊生产基地

　　江苏省射阳县已有50多年菊花种植史，目前以江苏最大菊花生产基地——"中国药材之乡"洋马镇为核心，全县种植菊花近40万亩，在规范化、规模化基础上，开展区域公用品牌的创建。

盐世界

射阳县鹤乡菊海景区

黄海之滨一颗闪亮的明珠 黄沙港

　　82公里海岸线、100万亩滩涂、4.6万亩林地、7万亩芦苇湿地……作为国家中心渔港，黄沙港镇犹如一颗璀璨明珠，镶嵌在黄海之滨。

　　黄沙港是江苏第二大渔港，渔业历史悠久。该镇规划建设现代渔业服务中心、海鲜大卖场、水手之家、渔港风情街等，形成涵盖渔业生产、靠泊装卸、贸易集散、生活休闲、文化旅游的一站式服务体系，极大地改善了渔民生产生活质量，实现渔港、渔产、渔镇融合发展。

盐世界

黄沙港

150

03

天下盐城，技艺不凡

第三章
CHAPTER THREE

《芦苇青青菜花黄》

中国人喜欢孙猴子，外国人也喜欢

吴其凯曾担任文化馆的馆长，现在兼任杂技团团长。在众多文艺项目中，杂技艺术虽古老但又年轻，并在过去的形式改良创新。"杂技既能登上国际大舞台，也能下乡，走到百姓中间，其魅力就在于此。"

好的杂技剧目，中国人和外国人都会喜欢看。

小乔外表柔美，内心坚强，这与王硕有相似之处。在吴其凯印象中，王硕是个典型的北方女孩，心直口快，敢作敢当。担纲女一号，对于王硕而言，同样意义重大，她的杂技之路有了新的转变。

2015年，王硕辞掉了编制，离开山东，进入国家艺术基金杂技创作人才编导班学习，跟随何晓彬导演学习编导。何晓彬创作过《千手观音》，擅长在艺术本体中讲述故事。王硕到来，何晓彬抛出问题：将杂技本体融入到故事，创造出新的杂技语言。

2016年，何晓彬执导江苏省杂技团《小桥·流水·人家》。何晓彬选了王硕，一人身兼两职，既是杂技演员又是女主角，舞蹈演员扮演角色，另一人由杂技演员来扮演。

练了十年杂技，王硕知道，杂技是以高难度技巧展示极限表现能力，表现复杂故事情节则不是其特点。如果可以找到新的杂技语言，讲好故事，这足以改变人们对传统杂技的固有印象。

王硕参与了《小桥·流水·人家》的编剧。刚开始，她想要用肢体动作赋予语言含义，有些并不贴切，甚至有些生搬硬套。于是，她挖掘故事背景，采莲女小乔与运河船工刘水在劳作中相遇，一见钟情、坠入情网。此时恰逢郑和带领

《小桥·流水·人家》

船队远下西洋，刘水因为水性高超被选为水手头领，不得不与恋人分手。因为故事发生在水乡，在人物内心冲突时，安排绸吊、柔术、大跳板、单手顶、蹦床等动作，更能展现人物内心的纠结和不舍。如此，戏剧更有张力，人物性格也更丰满了[①]。

①中国杂技有南北两派之说，建湖杂技为南派，灵活多变、刚柔相济。历史上，建湖县境内庆丰镇有"十八团"，与河北吴桥、山东聊城齐名，是中国杂技艺术三个发祥地之一。

《小桥·流水·人家》赋予单纯杂技技巧以性格、情感，让杂技充满灵魂与生命力。剧目的开始，应题应景，使人不禁徜徉在湖光潋滟的江南水乡，流连于烟雨空蒙的黛瓦粉墙，聆听丝竹管弦的余音绕梁，咀嚼诗词歌赋的意味深长，感受千古爱恋的凄美情愫，共鸣小桥流水的人生理想。

杂技成就了王硕，王硕饰演的小乔荣获江苏省文华表演奖。

"其实，杂技剧场这一全新的舞台样式借鉴了舞蹈剧场，相当于综合性戏剧元素融入的舞蹈剧。"吴其凯说，杂技剧场与以杂技为主要手段的杂技剧不同在于，在杂技艺术的本体之上，融入诗词歌赋的文学性、讲述故事塑造人物的戏剧性、舞美及音乐舞蹈的综合性，赋予单纯技巧的杂技以性格、情感、风韵、意义，试图创造出一种沉浸式的杂技舞台表演样式。

杂技剧目最成功之处在于"合"字。一切建筑在杂技艺术之上，融合传统与现代、结合东方与西方、综合音舞与戏剧、汇合创新与时尚。

1954年，第一个集体性质的杂技艺术团体——建湖县杂技团正式诞生。1959年，江苏省杂技团前身盐城市杂技团正式问世，2015年升格为江苏省杂技团。2008年，建湖杂技入选第二批国家级非物质文化遗产名录。2013年，江苏省杂技团迎来了重大转折，《猴·西游记》在美国林肯中心商演27场，引起轰动。这也印证了吴其凯的论断：好的杂技剧目，中国人和外国人都会喜欢看。2017年，建湖县被命名为"中国杂技之乡"。

这，也是江苏省杂技团从技艺文化向内容文化深度转变的标志。

为做到兼收并蓄，讲好中国故事，《猴·西游记》采用歌剧、舞台剧的形式，配乐也采用西方乐器。中国人喜欢孙悟空，外国人也喜欢，所以在剧目名称上做了强调。

《猴·西游记》代表着盐城杂技人传播民族文化、讲好中国故事的决心。

芦苇，象征文艺战士们青春勃发的革命理想、宁折不屈的革命精神，油菜花象征运河腹地苏北里下河水乡大地，扎根开花红色事业的蓬勃生命力。

吴其凯介绍，在2020年推出的《芦苇青青菜花黄》中，有不少抛接、传递草帽的画面，用这种眼花缭乱的抛接，看起来惊险，但能让人感受到丰收的喜悦。与传统用碗筷、球类展示技巧不同，草帽的元素令人眼前一亮。而且，用草帽来展示农民丰收的喜悦，其实是将古人在采集、渔猎等活动中的奔走、跳跃、投掷、游泳、搏击等劳动技能艺术化。

在该剧中，王硕扮演"古兰"一角，为了演出的完美，半年时间瘦了30斤，算是抱着最后一次当主演的心态。她心里也清楚，年纪渐大，新的人生角色就要开启。在《问天鸟》的表演中，王硕更多在舞台边缘，扭动、伸展，完成各种技术动作，主舞台是一棵大树，上面是年轻的演员王梦生，王硕在衬托。她的角色已经发生了转变。

"《芦苇青青菜花黄》，是杂技团根植中国文化，创新形式讲好中国故事的又一尝试。"吴其凯说。

用渔民号子打开巴斗

"嗨的哟来,吭呀!吭呀个号来,哎啰……"激昂有力、带着浓郁海洋风情的渔民号子唱响在巴斗村渔民之家。陆加友已经70多岁了,在他的喊声中,像是一张松松垮垮的弯弓陡然拉开。他依然能吼出雄浑有力的渔民号子。似乎,他又重新回到了渔船上,回到了那个葱茏岁月。

位于东台弶港镇的巴斗村是个渔村,地处世界自然遗产地条子泥内。鱼与渔早已融入村民的生活,品海鲜、住渔家、游渔村,巴斗已形成独具特色的渔旅产业。

渔民号子是弶港渔民在长期与大海相伴、捕捞生产中创作的渔家歌谣。渔民号子深刻体现了渔民们同舟共济的拼搏精神,展现了巴斗的海洋文化底蕴。

巴斗村靠海,附近的人们自然成了渔民。年轻时,陆加友跟着父亲打鱼,一次次出海,他学会了渔民号子。在大自然面前,人类是幼小的,面对出海不可知的风险,渔民号子拥有唤醒生命的力量。

渔民号子有四种,每种唱法不一。有刚起锚、撒网、收网、避险的,似乎一唱起渔民号子,人的每一段骨骼,每一块肌肉所潜藏坚韧的张力就会迸发出来。陆加友说,当粗犷、浑厚的号子声响起,平坦沙滩上留下两道深深锚迹。通常为首的是一位满脸沧桑的老渔民,穿着白布汗褡和烟色的肥大裤子,唱着号子,拖拽着锚绳。

拉船出航的情景,陆加友永生难忘。

起锚,升帆,摇橹出海,每当这时,唱渔民号子是一种传统和默契,他与父

盐世界

晨捕

兄站在渔船船头，海水摇晃着渔船，龇着白花花的海浪，一波波地涌来。他们搬运渔网、牵扯帆蓬、起重铁锚，遇到恶劣天气，渔民号子的声音更响、更急、更猛。几乎是吼的。

建了农家乐后，清晨5点半，祁兰芳开始了一天的劳作，靠海捕鱼是巴斗村人长久以来的生活方式。出海的船，通常要两个小时才能回来。渔船满载归来时，渔民又吼出了渔民号子，声音传来，祁兰芳听得出，此时的渔民号子唱出了轻松和欢快。

如今的美好生活，承载着过去的记忆。

祁兰芳14岁离乡，在城里成家立业。2020年，她回来，开起"巴斗渔娘"饭店，推出富有特色的"巴斗三鲜包"。说来都是故事，当年新四军在巴斗村，干粮不够，村民利用当地海鲜食材，做了三鲜包给新四军战士充饥。祁兰芳以此为基础，以贝类、虾仁、蟹肉等为主料，重新设计了"巴斗三鲜包"。包子多馅鲜美，口味独特。

在状如"笆斗"的土地上，祁兰芳的记忆里，她是渔民的后代，满怀对未来的期待，黄海湿地申遗成功，进一步改变了巴斗村。从靠海捕鱼，巴斗村变成了休闲度假之地。

更多的人，生活在发生着转变。

孔练花说起小时候，十几岁的时候，她跟着父亲去海边捕鱼蟹，回忆起来，孔练花有说不完的话，并非怀旧，她也说捕鱼收入微薄，只能是补贴家用。

弶港镇巴斗村，外墙上绘着帆船、海鸟、贝壳等图案，路边立着渔民抬鱼篓等海上劳作的小品雕塑，道路标牌上还镶嵌着鱼、虾、蟹等造型，有着浓浓的渔村风情。不远处，暖阳、碧空下，有一块浅浅的海滩，名叫"三水滩"，有许多适合家庭游乐休闲的项目。

孔练花在南京读书、工作，可吃惯了家乡海鲜美食，在外面待得再久，心心念念的还是家乡的爆炒泥螺、炒文蛤、清煮四角蛤、萝卜烧大蚶，记忆里满是醉蟹和醉泥螺的味道。索性,她就回来了,做起了导游,时常在朋友圈里分享巴斗村美食。有一年这里出产的青蟹王比脸盆都大,还上了新闻,这份小小的骄傲,看起来微不足道,却是其他地方无法给予的。

弶港渔民号子,至今已有200多年的历史,成了省级非物质文化遗产项目。从过去唱到当下,时代向前,人们的生活富裕了,渔民号子,成了人们的集体记忆。陆加友退休后,在文工团工作过一段时间,经常给游客表演渔民号子。他在前面领号子,其他人敞开喉咙跟上。

据统计,每年有30多万人次前来巴斗村旅游。如今的巴斗村,由特色渔文化、红色文化以及原始风貌的海边风情景点,串联成一条3公里长的旅游观光线,吸引了浙江、安徽、上海以及苏南等地的大批游客,催生了旅游服务业的发展。

对于生活在这儿的人来说,巴斗村从来不是一个地域的代称,更是一个生命和灵魂赖以生存的土壤。巴斗村在粗犷豪情的渔民号子声中、在渔乡美味中变成了人们的一种情结,眷恋、怀旧、延续、创新。这块土地有着最鲜活、最灵动的生命。

孔练花说,她觉得生活似乎变了,又似乎有些东西没变。

这一世，非淮剧不可

淮剧又名江淮戏，清代中叶的时候在盐城、阜宁一带就流行着说唱形式的门叹词，后来与苏北民间的香火戏结合称为江淮小戏，之后受徽剧和京剧的影响，在唱腔、表演和剧目等方面逐渐丰富形成淮剧。著名的剧目有《太阳花》《小镇》等。2008年，淮剧被列入国家级非物质文化遗产。

盐城历史上就曾涌现出一大批优秀舞台精品剧目，如《打碗记》《奇婚记》《鸡毛蒜皮》《过江》等作品多次荣获全国大奖，为京剧、淮剧、扬剧、锡剧、淮海戏、甬剧等剧种提供了大量优秀剧本，业界称之为"盐城现象"。

淮剧世家走出的"淮剧公主"

在江沪一带，说起淮剧，几乎无人不晓"淮剧世家"陈德林一家。陈德林被誉为"淮剧皇帝"，他的妻子黄素萍是淮剧名角，女儿陈澄和女婿陈明矿也是国家一级演员。一家两代四口人，人人摘得过戏剧界的权威奖项，"梅花""玉兰"齐绽放，堪称戏曲家庭典范。

陈澄从5岁起，就跟着在家排练的父母学习唱词。耳濡目染之下，她竟能唱不少剧目。别以为大树底下好乘凉，有优秀的父母，就可以轻松应对一切。陈澄的父母都是极度痴迷淮剧、追求完美的人，他们对自己的孩子要求更为严苛。为了保护她的嗓音，陈德林夫妻俩从来不让女儿吃任何冷饮或刺激性的食物，要知道那时的冰棒、冰激凌对于小孩子来说，是多么具有诱惑力的东西啊。陈澄说，从那时起，她就感受到，作为一个演员，是要牺牲很多的。

雏凤清于老凤声。1983年，机缘巧合，11岁的陈澄竟然在上海和淮剧泰

国家级非物质文化遗产淮剧代表性传承人陈澄

斗筱文艳一起参加了淮剧演唱会。那可是大场面，就在大家还担心她年龄太小，会出错影响演出效果时，小陈澄一口气将多达180句的《赵五娘》选段唱词，一字不差地唱了出来。不仅如此，她那音正味足的唱腔，一下子征服了台下无数的老戏迷，获得全场几十次的热烈掌声。

初出茅庐，一鸣惊人的喜悦，让陈澄下定决心从事淮剧事业。1986年，她如愿考入盐城鲁迅艺术学校表演系，主攻青衣、花旦，开始接受专业的艺术教育。从此，陈澄正式走上了淮剧学习和表演之路。

在校学习的陈澄，犹如乘上一叶扁舟，荡漾在博大精深的艺术知识殿堂中。她以为自己会就此一帆风顺，不曾想命运之神竟开起了玩笑：1987年的一天，她忽然失声了。一夜之间，原本澄澈纯美的声音，突然变成了"公鸭嗓"，

淮剧《小城》

淮剧《小城》

什么也不能唱了。这突如其来的致命打击，让陈澄不知所措。好在她的父母比较清楚，知道女儿是遭遇了变声期。在父母的安慰和鼓励下，陈澄并没有灰心丧气、放弃从艺梦想，而是把自己的注意力放在寻求突破上。

天无绝人之路，一次，陈澄在上海一家音响公司听到了"越剧王子"赵志刚老师唱的小生唱段，她突发奇想：既然自己的破锣嗓子唱不了旦角的中高音，何不试试生角的唱腔呢？于是，她自学了尹派越剧的小生唱腔。经过一年半的刻苦训练，她终于重新找回了自己的声音。"没想到，此举在无形中不仅保护了我的嗓子，还拓宽了我的唱腔音域，也锻炼了我对声腔的模仿和驾驭能力。"谈及此段过往，陈澄既庆幸又感慨。经历变声期，是很多艺人的噩梦，而刻苦努力的陈澄却因此更上一层楼，与其说是幸运，不如说是她的勇敢探索和努力付出成就了自己。

20世纪90年代，包括淮剧在内的诸多戏曲在流行音乐及其他因素的冲击下曾陷入低迷期。"后来国家出台的一系列扶持政策，剧团以人带戏，以戏出人，抓招生、抓创作、抓市场，慢慢恢复生气。"

1991年，陈澄顺利毕业，并以优异的成绩被分配到江苏省淮剧团，并在此结识了志同道合的伴侣陈明矿。随着演出团的合并，仅23岁的陈澄幸运地担任《太阳花》女二号。后来，陈澄在不同角色中打磨自己。扮上妆容、粉墨登场，她是坚强曲折的赵五娘，是朴实苦情的祥林嫂，还是风流俏丽的阎惜娇……

曾经，她也有事业发展阻滞的时期。在发展不顺畅的几年，陈澄就牵手搭档，专门参加各种赛事来锻炼自己。每次表演的时候她会带着本子记录表演中的不足。父母的挑刺，也是促进她成长和前进的动力。

"如果没有融入骨血的热爱，是坚持不下来的。"沉淀下来的陈澄意识到，要当好一个淮剧演员，需要经得住时间的考验。唯有经得住寂寞，耐得住性子，才能将痛苦化为前进的动力。在事业遇冷时，她努力弥补表演中的瑕疵和不足，不断吸收养分，形成自己的风格。

2000年，陈澄参加了国家文旅部举办的精品折子戏大赛。这是中华人民共和国成立以来最大规模的赛事。陈澄接受了父亲的提议，以卓越的唱功戏出彩表演，获得了一等奖。斩获大奖后的陈澄，再次选择蛰伏，在父母所在的淮剧团里，共同表演，她的整个创作和演绎水平得到了飞速提升。

有了前期的探索，省淮剧团有了更明确的发展方向，在青年演员的传承和培养上，做了更完善的培养计划。

近年来，陈澄尝试用直播网络传播的方式，将淮剧的声音发得更远。戏曲通过直播打开了一扇新窗口，让更多从未关注过戏曲和淮剧的人产生兴趣，甚至自发参与到戏曲科普等传承工作当中。值得一提的是，越来越多的青年正在走进线下剧场。

抖音直播时，陈澄感觉到戏迷对演员幕后故事的好奇。当她用播放花絮的方式和观众互动交流，收效十分明显。后续，她又以淮剧翻唱热门作品，引来诸多年轻网友观看、点赞，并把直播当作与线下同等重要的"第二舞台"。其实，认真做好每次直播，工作量可能是自己大戏中的三倍。其中运用的智慧也好，调动的细胞也好，或者嗓音的奉献等，都是一系列的挑战和压力。疫情期间，陈澄翻唱的淮剧版《神女劈观》，在 B 站上赢得 260 余万次的点播量，收获了 Z 世代群体的喜爱和点赞。

2014 年，由陈澄和爱人陈明矿联袂主演的淮剧《小镇》，让淮剧进一步出圈，这个原创剧目不仅获得江苏省文化厅重点投入剧目、江苏省舞台艺术精品工程、国家艺术基金资助剧目、中国戏曲现代戏突出贡献奖、第十五届文华大奖等荣誉，几年来先后演出 200 多场，并在欧洲三个国家进行巡演。

展现淮剧雅韵，传承中华文化。陈澄说："剧种与剧种之间也会互相交流学习，取其所长，有时候同台演出，互相之间的粉丝也会引流，无形中拓宽剧种的知名度和粉丝量。"

随着城市不断更新，盐城有戏，处处都是舞台。各类新潮独特的小剧场陆续走进景区、街区、文博馆、饭店、茶馆……演艺新空间遍布全城，看剧场演出成为盐城的新风尚。

串场河《串场夜画》、大洋湾《盐渎往事》、中华海棠园《船说海棠》、荷兰花海《只有爱》、西溪《天仙缘》《寻仙缘》《范仲淹》、九龙口《小镇有喜》等十余部沉浸式演出各具特色，润物无声地塑造着盐城的文化品格。

西溪景区沉浸式演出《范仲淹》

九龙口沉浸式秀演《小镇有喜》

淮剧小镇

这一生，只好淮剧

淮剧说的是建湖话，唱的的建湖腔。建湖县是淮剧的主要发源地之一，1961年，淮剧考定委员会将建湖方言确定为淮剧的舞台标准语言。2017年10月，建湖县被中国戏剧家协会授予"中国淮剧之乡"。淮剧在建湖有着广泛的群众基础。

在建湖县九龙口淮剧小镇，戏台披着暖暖的阳光，飞檐翘角拉得很长。何敏星精神饱满，身形俊朗，看不出半百之龄。戏台后面是化妆室，尘埃透过光线在屋里飘荡。阳光正好。

打小，父亲常带何敏星看戏，耳濡目染淮剧的氛围。那时是外行看热闹，台上有个人涂着大花脸，宽大的袖子这甩那甩，又是转圈又是翻跟头。

何敏星进了戏剧学校，学的是武生、小生。毕业后，何敏星被分配到了建湖县淮剧团。一开始是临时工，在乐队打击锣钹，敲敲打打过了三年。他倒是知足，能免费听戏。

不管逆境顺境，何敏星不曾想过离开。一次演出，一个演员生病，何敏星临时顶了上去，在古装戏《大明贤后》中饰演燕王。都说机会是留给有准备人的，何敏星为登台默默准备了3年。

有些东西，要看天分。当时的团长孙才生一眼就看出何敏星像一块蒙尘的金子。小生、老生本就专业，剧团又培养何敏星演小花脸，丑行也做了兼顾。不同于京剧，淮剧演员必须一专多能，多技傍身。舞台上需要什么角色，他便演什么角色。

何敏星真正开始了淮剧演员的生涯。1999年，在《野狼谷》中，何敏星扮演陆秀夫，他第一次感觉到自己掌控了舞台，气场、节奏和力度都把控得刚刚好。

过去，唱戏的走江湖，颠沛流离，有辛酸有不快，个中滋味不可言说。2003年，建湖县淮剧团尝试做起了音乐剧，把团承包给了两个分队，由两个副团长带队。作为副团长，何敏星带队谋生，一切要自给自足，很是不易。为了解决温饱问题，他们哪里有演出就去哪里，多偏多远都去。他们送戏下乡，走南闯北,到山西、河南、安徽、浙江、上海等地演出。冬天,穿着薄衣单衫登台表演,夏天,则在农村戏台上喂蚊子。衣服、道具、舞台装置散乱,都要自己收纳、搭建、保护。

或许正是尝遍人间百味,何敏星处处用平凡人的感情来打动观众,用日常的表情、身段、语气来表现他演出过程中的一瞬情感,更加直击人心。演瞎子时他眼白上翻,眼皮快速眨动,前脚掌着地,用棍子在前路探行;演汉奸时他对百姓盛气凌人,对鬼子卑躬屈膝;演一个局长,他把春风得意的走路姿势演绎得淋漓尽致。他总能很快找到戏剧人物的灵魂。

何敏星是性情中人,采访中,他想到唱能更好的表达,张口就来了一段淮剧《深渊》,声音洪亮,穿透力极强,把迷茫堕落的主角心声唱出。

建湖诞生淮剧是有历史渊源的。建湖位于盐城西北部,俗称盐城西北乡。这里自古崇文尚礼,民风既淳朴、又乐群,演艺文化资源积淀深厚。经过漫长的历史发展,受到徽班艺人和京剧的影响,淮剧成了涵盖生、旦、净、丑四行的地方剧种。

一次在浙江金华表演时,何敏星胆囊炎发作,一度疼得无法站立。戏比天大,打了点滴,何敏星拖着虚弱的身体上了台,台下满座,他凝神屏息。唱毕,台下鸦雀无声,10秒钟后,掌声如狂风暴雨般骤然响起,经久不息。"淮剧的魅力就在于穿越了语言和地域,直击灵魂深处。"尽管方言不互通,依然能征服观众。

他这一生,只好这一口。唱着唱着,青丝就成了白头,何敏星依然活跃。他会根据剧情需要,将伴奏加了电音,节奏感也更强;他也会尝试加小提琴、大提琴,更舒缓悠扬,将民乐和西洋乐进行融合;至于舞美、特效、演出服装等小修饰和小改造,适应当代人的审美习惯和美学趣味更是多了。例如《谷家大事》,在乐队中首次把小提琴、中提琴等西洋乐器融入淮剧的乐队中。何敏星说,《谷家大事》是根据百姓驰援抗疫编写的剧目,创作几乎是一气呵成。本来一部戏要打磨三五年,但排演现代戏,尤其是贴近百姓生活的戏,就快多了,毕竟这也是创作者的生活。

淮剧《谷家大事》

形之"笔""墨"

以刀为笔

瓷刻，就是在瓷器上的刺绣。不拘泥于人物、山水、花鸟……凡是能着墨于纸上的事物，无不可"绣"于瓷器之上。经过一番雕琢，瓷赖画而显，画依瓷而传。

陈银付出生在农村，天资聪慧，敏而好学，后考入盐城鲁迅艺术学校，师从张剑儒，学习瓷刻技艺。所学渐深，陈银付认识到，艺术不是单一的，他又到中国美术学院深造油画专业，以丰富自己的艺术表现手法。

2001年，陈银付在苏州创业，创办侍郎瓷刻工作室。这期间，陈银付带领团队把传统木雕、刺绣技艺与瓷刻融合，让画面呈现出更丰富的视觉语言。

或许是年龄的增长，陈银付不知不觉地把创作的构思和家乡联系在了一起，传统与现代、自然与艺术、家乡与世界成了他笔刀的主题。

2011年，陈银付回到大丰。

盐城，四季分明的城市，海涂上的植被、动物，灵动而有生命，它们的细微变化，需要用心去发现。

有一回，陈银付迎着霞光，在湿地中采风，视野里突然闯入两只丹顶鹤，身姿洁白，优雅蹁跹飞过，他立马有了灵感，创作了《鸣鹤之应》。

麋鹿奋蹄奔跑，陈银付欣喜不已，就在1米多的瓷板上，用淡彩素描法刻画了出来，唤作《百年沧桑麋鹿回家》。

陈银付说自己的创作，一半是温故，一半是知新。他敏感于时代，温故是知新，知新也温故。他有次去医院，看到两个孩子都在打吊水，一个在写作业，一个在玩耍，便创作了《点滴之差》。他看到一张图，一对老夫妻守在电话前，等待

盐世界

大丰瓷刻

着远方儿子的电话，如此，便有了《越洋电话》的诞生。看来，所谓温故，是情感之浓厚，所谓知新，是把情感诉诸于刀端。

东台发绣

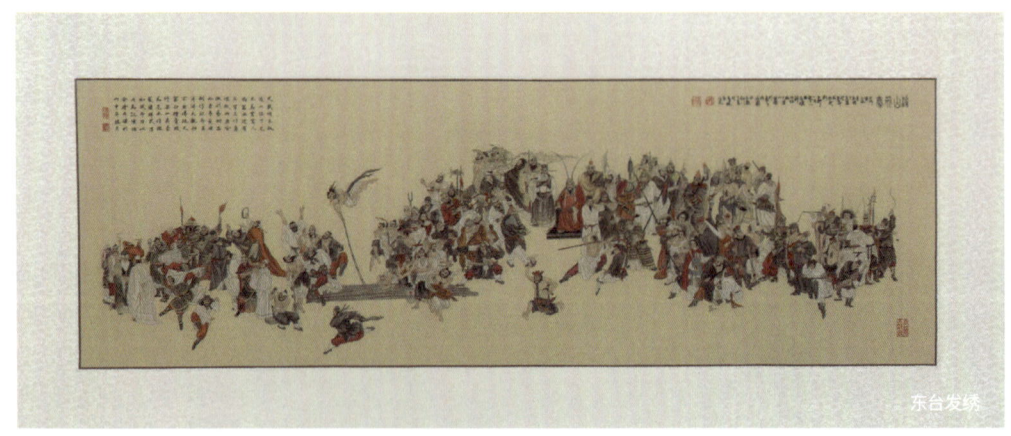

以针为笔,将发作墨

　　他人问丁老,发绣有什么诀窍,怎样才叫绝活。他说发绣工艺,工在先,艺在后,心先到,手方能到。一件东西你能做出别人没有的特点,就是所谓的绝活了。

　　早冬的盐城,空气里有海洋的味道,给人浪漫的想象和艺术的激情。得知要采访，丁崇政梳着整齐的头发，小心地展开了他的画卷。即便展示过了无数次，当看到上面白鹤飞舞的画面，丁崇政依然笑了，难抑自豪，眼中闪耀着光芒。

2019年7月，金秋时节，丁崇政应朋友之邀，从东台沿海一路游览到鹤乡射阳。在丹顶鹤自然保护区，他站在芦苇飘荡的滩涂上，白鹤突然飞起，他连忙拿起手机记录下丹顶鹤低头、飞翔、觅食等姿态。当时他在心里敲定，要以丹顶鹤为题进行创作。

早在1000多年前，东台西溪就有人开始指尖飞针、青丝入画，一针一线都在演绎着这延续千年的艺术。

"发绣是一种带着生命温度的艺术符号。"头发有粗、圆、不服帖等特点，要让作品达到"平、亮、均匀、自然"的效果，就要采取不同的针法进行绘制。丁崇政说，通常每幅作品会用上近10种针法。有头发的自然色泽，又有丝绣的精致高雅；有耐腐防蚀的先天优势，又有绣品工艺的艺术技巧。

丁崇政爱上发绣，是一个意外。1963年，他从部队转业到了东台工艺品总厂。

20世纪70年代，东台县（现为东台市）工艺品总厂组建，从各地选调30多位绘画、刺绣技艺专业人才，研究发绣艺术。丁崇政当即向领导提出请求，去学习发绣。他想发绣这么美，也需要人去传承啊。车间的尹三元是苏州吴门画苑的老装裱师，陈德中是无锡老手艺人，都是当时知名的手艺人，丁崇政学得起劲，每天第一个进车间，最后一个离开，甚至到夜里十一二点，依然乐此不疲。

数年之后，那一根根柔软光滑的发丝，经他的手，分合滚缠，一点点变幻成了万物百态，让花鸟鱼虫、凶禽猛兽都能乖巧蛰居在苗布上。以针为笔，将发作墨，丁崇政始觉自己有所成。

那天，丁崇政慢慢铺开卷轴，3.6米长的画卷上，霞光染滩涂遍地绯红，风吹苇浪、芦花荡漾，100只白鹤有的盘旋，有的站立，有的欲飞，有的嬉戏，这就是他率团队历时700多天，集体创作的《百鹤图》。

麦秆魔法师

"田野里长出来的生命，亦是艺术品。每一株麦子，都有自己的灵魂。"吴永龙说麦秆画已是他生命的一部分。

吴永龙自幼喜爱绘画，经常外出写生，为了捕捉到好的素材，有次他自掏腰包花钱租下旅馆，一口气租了半个月，专门描摹钓鱼翁的神态。

在寻找灵感的路上，他的灵魂随着脚步，走到哪儿便是哪儿，直到他注意到了麦秆画。他被迷住了，麦秆本身光泽、纹彩和质感，让它们极富感染力。他一边说一边示范，选麦秆的时候有讲究，能用的就是中间最光亮的一段，先用剪刀剖开，这样就有四片平整的麦秸条。接着他用手轻轻地把麦秆抚平，再一条一条排列好粘贴在纸上。

专注麦秆画30多年，吴永龙成了麦秆魔法师，打磨、烫色、剪裁、粘贴等几十道工序，不仅考验人的耐心，更对材质选择太过苛刻，更遑论麦秆画还吸收了国画、版画、剪纸、烙画等诸多艺术手法。我们看到的作品，呈现出多种艺术形式的质感，又有古朴典雅的艺术美感。

店里有一幅2013年创作的《浔鱼图》，那是他的挚爱。画面中夕阳西下，蓑衣笠帽的渔翁满载而归，几条大鱼在篮筐里跳跃翻腾。画里的老者沧桑，脸上却透出一份气定神闲、悠闲从容。画者画人，其实是画己。画中人的生命状态，大概就是他所向往的吧。

记忆的形状

20世纪80年代，周必良（阜宁人）20多岁，要凭手艺谋生，有亲戚会面塑，他便跟着亲戚学习。数年后，周必良出了盐城，开始闯南走北，这是他的走江湖。1996年，周必良到了河北承德，他捏的面塑被一位老板相中，老板请他到自己的店里做师傅，周必良拒绝了，认为自己手艺不够精湛，作品还不够出彩。"给我一年时间，若我有所成就必定归来。"

《军民鱼水情》

《白蛇传》

　　一年后，周必良重回承德，不负君子之约。5年后，周必良又走了出去，游历山东、上海、无锡等地，一边做街头艺人，一边寻找民间高手拜师学艺。

　　周必良再走江湖，只因想求作品能精益求精，并力求能融会贯通所学。

　　前两年，周必良回到了喻口镇，尝试改良面塑材料。原来做面塑都是以可塑性强的白面和糯米面为原料，但不易保存，易干裂、变形。近几年，周必良尝试使用软陶，用软陶制作的作品不变形，具永久保存性、可防水、不发霉等优点。

从拿起面团的那一刻起，已经30多个年头了，周必良已无法放下面塑。和面，再经过醒、揉、蒸、加入颜料等数十道工序，从颜色的调配到制作人物形象，再到搭配服装服饰。一个简单的塑像，从构思到完成需要耗费一周乃至更长的时间。

像他做《白蛇传》《关云长单刀赴会》《穆桂英挂帅》《姜太公钓鱼》，都是耳熟能详的故事，在做面塑之前，图像已呈现在他的脑海之中了。如果记忆是有形状的，那么，他可以所想所捏，把形状以完美的姿态呈现出来。采访中，周必良捏着面团，或用工具刀修饰，或为昭君飘逸的长裙加固。《昭君出塞》做了两个多月，已经到完工的阶段了，整个面塑色彩明快，飘逸出尘，神情决然，周必良把昭君离别时的悲壮刻画了出来。

农民画里道丰年

农民出生的王复军（射阳人），一生充满传奇。他不光是一个农民艺术家，也是艺术家的老师。他像是农民画中的苏格拉底，不光虔诚，还很热心。王复军70多岁了，他一辈子驻守乡间，硬是凭着自己对农村、农业、农民和传统艺术的热爱与坚守，根扎乡间，传承绘画技艺。那些年，王复军在大队当过耕读老师，干过民兵排长、生产队会计、队长及大队副书记、大队长等职。白天劳动，晚上挑灯，他描绘过时代的变迁，也记载了动人的时刻。

后来，他做了文化宣传工作，便热心于推广和教学农民画。只要有兴趣，他从来都是不吝赐教。可繁忙的农活，谁又能撂下呢？王复军就苦口婆心，走到他们中间，反复动员。到了第一次农民画培训班开班的时候，18名具有剪纸及绘画基础和培养潜力的农民到站，他倒贴纸张、颜料、画笔，手把手地教，中午还让妻子从家里拿来米与菜为学员们煮饭，看到学员们会画画了，他比谁都有成就感。而他自己创作近万幅农民画，在国内外举办展出，被各地美术馆、纪念馆及友人收藏。"盐城的农村生活是我创作的源泉，这辈子离不开了。"

成广东是王复军的徒弟,当他系统学习农民画后,开始专注于渔民画创作。他善用画笔记载黄海渔村的人文历史,续延着黄沙港的美好未来。在黄沙港,像成广东这样的农民画家还有很多。他们在弄桨操舵之余,用拉网补网之手,将历史与记忆化为粗细有致的线条,把幸福与憧憬化为浓淡相间的油彩,记录着遥远的黄海传说、淳朴的渔家风情。

王复军《大勤果实花生旺》

后记

人们执迷于大城市，车水马龙，霓虹闪烁。不知从何时开始，大都市的饱和和资源紧张，让中小城市成了安放身心的"理想城"。

周末假期，去哪里放飞被四角的天空拖曳住的心灵，呼吸青山绿树碧草蓝天的恣肆洒脱，感受散漫放任的浮生快意，追寻历史车轮碾过后留下的斑斑残迹？人们缺少一个打开心扉的地方。

盐城，一个让人打开心扉的城市。淮腔水韵，物阜民丰。东有世界滨海廊道，中有串场人文古韵，西有湖荡湿地风情，北有黄河故道遗风。旅游乡村灿若繁星，旅游公路串珠成链。来盐城，探访"吉祥三宝"，品味"生态三鲜"，住田园小舍，望繁星满天。

向着盐城，向着快乐出发。无论是水乡的温婉柔美，还是古镇老街的古朴坚毅；无论是观赏落霞与孤鹜齐飞的极致浪漫，还是近距离与稀有动物的独处时光；更无论是好客的农家、现代化的D·A艺术街区，还是成片的花海与啁啾的鸟语……一幅幅如梦中剪影般优雅的美丽，召唤着我们远离都市的喧嚣，追寻灵魂休憩的家园。

向着盐城，向着美和享受出发。徜徉在东方湿地公园里尽情呼吸，漫步在黄海万亩树林里思绪飞扬；兴之所至，品非遗技艺代代传承的浪漫理想，观杂技高超之惊艳，听淮剧里声声悠扬，看那丹顶鹤翩然起舞……

今天的盐城，与时俱进，正在迈向数字化的前沿，大力推进数字城市建设，提升人们的生活幸福感。随着科技的迅猛发展，盐城借助数字化和智能化手段，使更多人能够走进盐城，了解盐城，热爱盐城，倾听盐城发展的脉搏，共同领略城市之美。

本书图片提供者：柏立军、曹刚、陈默、陈其龙、成娟、范建海、高姗姗、顾正山、何爽志、吉东育、蒯乃品、李军、李思远、刘朝晖、刘浩、陆凤婷、彭岭、钱小豪、曲亚洲、单强、沈雷、孙华金、孙家录、唐辉、万亮、王春艳、王昆远、王明坤、王中浩、王众、吴贵民、徐加洪、徐行、薛浩、颜振勇、余乐、张建国、张晓梅、赵小青、征益锋、朱进剑（排名按姓氏拼音排序，不分先后）

部分图片由中国海盐博物馆（盐城市博物馆）提供

图书在版编目（CIP）数据

盐世界 / 郑格格 著 . — 南京：江苏凤凰文艺出版社，2024.6
ISBN 978-7-5594-7461-2

Ⅰ.①盐… Ⅱ.①郑… Ⅲ.①散文集－中国－当代 Ⅳ.① I267

中国国家版本馆 CIP 数据核字 (2023) 第 003149 号

盐世界
郑格格 著

出　　品	中共盐城市委宣传部
策　　划	夏婷婷
责任编辑	张婷
执行编辑	吴月
封面题字	范明玉
出版发行	江苏凤凰文艺出版社
	南京市中央路 165 号，邮编：210009
网　　址	http://www.jswenyi.com
印　　刷	深圳市祥龙印刷有限公司
开　　本	718 毫米 ×1000 毫米　1/16
印　　张	12.25
字　　数	130 千字
版　　次	2024 年 6 月第 1 版
印　　次	2024 年 6 月第 1 次印刷
标准书号	ISBN 978-7-5594-7461-2
定　　价	58.00 元

江苏凤凰文艺版图书凡印刷、装订错误，可向出版社调换，联系电话 025-83280257